# En stridsmand

Andre klassikere udgivet ved Poul Erik Kristensen:

**Jeppe Aakjær:**

Fra min bitte-tid (erindringer). 2016.

Drengeår og knøsekår (erindringer). 2016.

Hedevandringer (kultur- og naturbeskrivelse). 2016.

Vredens børn (roman). 2016.

Bondens søn (roman). 2016.

Arbejdets glæde (roman). 2016.

Vadmelsfolk (noveller). 2016.

**Johan Skjoldborg:**

Gyldholm (roman). 2017.

Per Holt (roman). 2017.

**Henrik Pontoppidan:**

Isbjørnen (roman). 2017.

**Alexander Rasmussen:**

Forvalteren på Lindenborg (roman). 2017.

Johan Skjoldborg

# En stridsmand

# Udgiverens forord

Johan Skjoldborg (1861-1936) regnes vel ikke i dag blandt Danmarks store forfattere, men ingen har dog overgået hans beskrivelser af de danske husmænds vilkår. Her har han præsteret nogle klassikere, som vil holde mange år endnu. Hans første roman blev udgivet i 1893. Herefter kom der nye titler med jævne mellemrum, og flere kom endda i adskillige oplag.

Men tiden går, og retskrivningen ændres. Derfor har jeg i 2017 med nænsom hånd redigeret enkelte af Johan Skjoldborgs bedste bøger for at fjerne nogle irritationsmomenter for nutidens læsere. Her har mit udgangspunkt været, at hvis jeg var i tvivl om det rimelige i at foretage en rettelse, fik Skjoldborgs egne ord lov til at bestå. Forfatteren har med andre ord hele tiden stået over grammatikken.

Navneord skrives med lille begyndelsesbogstav, med undtagelse af forskellige egennavne ændres aa til å, gamle stavemåder erstattes af nutidens, og enkelte ord erstattes af nye, der er mere forståelige. Endelig er der også hist og her, men bestemt ikke i noget stort omfang, blevet ændret en smule på tegnsætningen.

Skjoldborg lader sine hovedpersoner tale dialekt, men han gør det på en sådan måde, at det næppe giver forståelsesmæssige problemer. Skulle der imidlertid være en enkelt svipser, vil oversættelsen formodentlig kunne findes inde på nettet i ordbog over det danske sprog.

Poul Erik Kristensen

## Til den danske husmand

Du husmand, som ørker den stridige jord
og vover din arm og din bringe,
som drager kulturens det første spor
med plovjernets sølvblanke klinge,
  mer ridder du er med din barkede hånd
  end mange, der pyntes med stjerner og bånd
  og tripper på bonede gulve.

Du rydder til samfundet bredere grund
derude på lyngen og sandet,
du vinder dig ager hver arbejdets stund
og lægger din vinding til landet.
  Men stille du øver din dont og din dåd.
  Hvor andre kun kender en kugle til råd,
  du krummer til tag dine næver.

Du lærer, hvorledes man bygger sig hjem,
du gamle og bøjede slider,
det lære du mig, og det lære du dem,
der trætte ad asfalten glider,
  og manddom, den banende viljes vægt,
  du sanker i arv til den kommende slægt,
  der fostres i udmarkens hytter.

Du stridsmand, du stille kulturens soldat,
som ikke har rang iblandt helte,
som regnes for intet mod den akrobat,
der springer i gøglernes telte,
  for dig mine døre jeg åbner til fest!
  Kom, hvil dig og vær du min hædrede gæst,
  min dug jeg – den bedste – dig breder.

Og segner engang du på valpladsen ned –
en fremmed i menneskevrimlen,
og lyder ej anden slags tale derved
end trækfugleflugt under himlen,
  jeg søger din grav, og jeg rejser dig sten,
  en bauta på heden, et minde fra én,
  som kendte dit liv og forstod det.

# Kapitel 1

Fra Skagerrak slynger sig ind over fladt land langstrakte flyvesandsbjerge, der samles i knuder og spredes i kæder. På fladerne mellem disse sandmiler stiger røgen op fra ensomt liggende hytter, og her går nybyggeres plove.

Her er et urgammelt, uopdyrket land for ungt mod og unge arme, for dem, der ikke ejer guldnøglen, som åbner indgangen til de fede marker, hvor kløveren gror. Her er ingen menneskehånd til at lede vandet, der siver og rinder, hvor det vil gennem klittens golde sand og afsætter rølket rust på græssets stængler, som svajer i den stille strøm: et herreløst land for jordens kryb og markens dyr.

Fjernt fra kommer en enlig vandrer hen over en sådan klitfladning. Indtrykket af ham synes næsten at forsvinde i denne natur, hvor menneskespor er små og få. Men han træder så fast og sikkert i jorden, som nærede han ikke mindste tvivl om sin evne til at undertvinge den. Der er ungdommens kække spændkraft i hans holdning og livsmodets friske takt i hans gang. Og når man ser det frejdige blik i denne nybyggers brune øje, så forstår man, at her blinker en natur, der er mægtigere end den, der omgiver ham.

Hen mod det lyngtækkede hus, hvor han har rejst sin arne, styrer han sine trin. Og der bukker han sig ind gennem den lave dør.

"Nå, hvad sagde så Jens Nørgaard?" spurgte konen.

"Jo," svarede Søren, idet han trak sin vadmelstrøje af og hængte den på et søm i bjælken, "han ville nok lade pengene blive stående, til vi kunne få et ordentligt kreditforeningslån!"

"Det var jo godt!"

"Jo." Han lod hånden fare gennem håret og så ud af vinduet. "Jo, det forstår sig!"

"A synes, ligesom der er noget i vejen for dig, Søren!"

"Mig! – Nej! – Der kan jo altid være sådan et og andet. Nej ellers ..."

"Der er noget ‚du tænker på, Søren! – Hvad?"

Han så venligt til hende. "Er der noget, a tænker på!"

Hun flyttede sig tæt til ham og sagde indtrængende: "Der er noget!"

Han smilede. Derefter sagde han hastigt afbrydende: "Hvad var det, a ville sige – æ – har Niels Pind ikke været her i dag? – Nå, for han snakkede om, at han ville have mig til at grøfte for sig."

"Nej, men ..."

"Det er sandt! Gamle Ane Sofie har da hængt sig i nat, hørte a oppe i byen!"

"Har hun hængt sig?"

"Lus og møg og sult var jo ved at æde hende op, og i dag skulle hun have været på fattiggården. Dér har hun jo aldrig villet hen, og så i nat hængte hun sig i sengebåndet!"

"Herregud! Det sølle, gamle skrog! Hun var da ellers så skikkelig."

"Hellig-Per mente rigtignok, at hun brænder i Helvede, og i følge ham var det helt morsomt, men ..."

"Hum, ja – Hellig-Per!"

"Nå, Ane! A må ud at grave et stykke inden aften!" udbrød han og sprang rask op.

"Er det så ikke bedst, du trækker dine daglige bukser på, bette fa'r! ... Hm! Det sølle, gamle skrog!" sluttede hun tankefuldt.


Da solen luende rød var sunket ned bag havets klitter, kom Søren Brander ind fra arbejdet med blodet bankende i alle årer, med sveden dryppende fra øjenhårene, og satte sig træt på bænken.

Der var stille ude og stille inde. En rigtig mørkningsstilhed, hvor al livsvirksomhed ånder ud i aftenhvile, og tan-

kerne let bliver til drømme, - især for en mand, der sidder
i sit nybyggerhus og lytter til hustruens sang over vuggen,
hvor den førstefødte ligger.

Han blev længe siddende. Tonerne syntes ham så fulde
af håb. – Og der var ligesom andagt i at høre derpå, syntes
han, selv om det ikke var andet end en vise.

Da sangen hørte op, rørte ingen sig i lang tid, - man var
ligesom ængstelige for at skræmme noget bort.

Endelig sagde han lavt: ”A snakkede da også med min
far i dag!”

Han tav med, at han havde truffet ham dinglende på
gaden, og at han havde hjulpet ham hjem, thi han mærke-
de endnu skammen brænde på sin kind efter spidsrods-
gangen forbi de mange nysgerrige øjne.

Han så tydeligt for sig det sørgelige billede af den gamle,
forfaldne mand, der sank holdningsløs ned på stolen, med
det dorske blik, de syge klynk, og den fuldes letfældede
tårer ned ad slappe, posede kinder. Men tillige følte han
dybere end før, at denne mand var hans far, og at de to
hørte sammen.

”Hvordan står det sig?” spurgte hun deltagende.

”Åh, - hva’ -”

”Han bor vel ved svenskeren endnu?”

”Ja, og Brød-Karen er der også,” svarede han med øjne-
ne mod gulvet. – ”Det er ikke så godt for sådan et gam-
melt menneske, Ane!”

”Nej, det er jo ikke så godt.”

”A ville endda nødig, han skulle på fattiggården; det
ville gøre ham gruelig ondt, den gamle!” Sørens røst
skælvede og havde den rene og ægte klang, som altid
følger de ord, der kommer fra et varmt og godt hjerte.

Nu vidste hun, hvad det var, der før havde optaget hans
tanker.

Efter en stunds forløb, efter en lang række forestillinger og overvejelser, ytrede hun: "A véd ikke, Søren! Skulle vi prøve at tage ham ud til os?"

Han svarede glad: "Synes du, bette Ane! Så vil a da ikke have noget imod det!"

"Vi kommer vel over det," mente hun.

"Ja, det er jo ikke meget, han spiser, men …"

"Det værste er snart med sengeklæder, - men lad os i Guds navn prøve det!"

Han knugede hende til sig. –

"Hvad sagde Jens Nørgaard ellers?" spurgte hun.

"Jo, han var meget ferm. A skulle da se hans besætning og sådan … og så ville han sælge mig en moseparcel!"

"Nå!"

"Men der kan jo blive nok at rykke i foruden. Vi skulle jo have bygget en smule til sommer, - det kan den gamle hjælpe med! – og sådan. – Når vi så kunne få et par stærkere stude og en ko eller to til, se så kunne vi få det godt, Ane!" udbrød han.

"Mon vi så ikke kunne få lidt mere inden døre også?"

"Jo, jo! – Og som vi får mere dyrket, vi har jo jord nok, så kunne vi måske få os en hest, du, og hvad siger du til en fjedervogn, naturligvis en meget billig en …"

"Ja, lad os nu se! – Lad os være tålmodige, Søren! – Lad os …"

"Det var da ikke så urimeligt, om vi fik en hest; vel?"

"Nej, såmænd!" Hun smilede. Men a synes ligegodt …"

"Det var kanske slet ikke så galt endda, at vi kom i Klitten; - der var da for resten heller ingen andre steder, der ville give sig!" bemærkede Søren, idet han krængede sin vest af, da de skulle til ro.

Da de havde ligget noget, sagde han: "Ane! A var tilfreds, vi havde ham herude, den gamle!"

# Kapitel 2

Søren havde i sine ungdomsår haft Branderslægtens stærke tilbøjelighed til muntre lag. Han var den livligste svend både fjern og nær, den bedste kammerat og den lystigste. Han var det så helt, så umiddelbart af hjertets unge lyst, at han rev alle med. Han gav sig hen med oprigtig styrke, med en udholdenhed, der nødig standsede før ved den yderste grænse, den sidste hvid. Derfor var han svinghjulet i sit selskab.

Vel havde han passet sin tjeneste upåklageligt. Men i legestuen og ikke ved arbejdet fandt han den susende strakthed, som stemte med hans livstrang.

Årene var gået med kådhed, leg og gale streger. For ham hengled de som en sommerdags timer for den unge fole, der aldrig har haft en sele om sin bringe.

Så var vendepunktet kommet.

Det var en junidag. Der var folkefest i Kratholm Skov ved Fjordby, hvor han dengang havde tjent. På festpladsen gik folk med løsthængende tøj og pustede af varme, thi solen brændte lige ned gennem skovåbningen. Fra vaffelbagerier og ildsteder steg røg og damp. Danseboden var en hoppende, myldrende masse, som en gryde i kog. Og ovenover stod den tunge luft og bævrede af hede mellem træstammerne. Svir og sværm og til sidst slagsmål.

Søren var kommet af vejen, var tumlet over det raslende løv og de knasende grene, ned over engen, som breder sig, mellem skoven og fjorden. Her ved en rindende bæk, hvor nogle runde sten dannede overgangen, sank han ned mellem gule kabbelejehoveder og sov ind.

Han vågnede ved, at noget køligt rørte ved hans pande. Ved siden af sad Ane med et vådt lommetørklæde i sin hånd. Hendes kjole var opkiltet. Det blomstrede hovedklæde af sort halvsilke lå et stykke borte ved siden af hendes grå sommertrøje med de store, brune knapper. Hver enkelthed opfattede han tydeligt. Græsset var frisk af ny-falden dug, bækken klukkede og plaskede frem over den stenede bund, og fra teltlejren lød hornmusik gennem aftensvalen.

Alle disse indtryk kom så friske til hans bevidsthed; thi han var vågen, som han aldrig før havde været. Det kom af, at den unge, vakre pige sad her hos ham, de to alene for sig selv her på den grønne eng.

Da han så hendes rene åsyn bøjet over sig, kunne han have klynget sig til hende og bedt hende tusinde gange om forladelse, selv om hun egentlig var en fremmed for ham, - men hun havde så dejlige øjne.

Og det var, som om noget, der havde ligget dybere gemt i hans indre, kom frem til lys og luft og liv, og dette liv vældede op af glæde over at være blevet til.

Han stirrede forundret på hende, som om hun var et åbenbaret lysvæsen, og dog vidste han alligevel godt, at det ikke var andre end Per Madsens Ane fra Mastrup, som han i over et år havde tjent i gårde sammen med.

Hun tog hans hue fra grønsværen og satte den på hans hoved. Ham forekom det, som hendes hånd rørte ved hans hjerte.

De fulgtes ad enlige markstier, der slyngede sig mellem korn og højt græs. Og sommernatten var så lys og så fuld af søde dufte …

Det var ud fra dette kærlighedsliv, at vendepunktet var kommet. Det var herfra, at han brød ud fra sin slægts let-sindige veje. Nu sad han i sin husmandshytte og lod tan-kerne strejfe ind over fremtidens ukendte land. Han gjorde det med ængstelige anelser, thi det bares ham for, at der-ude på de mørke og vejløse egne, der stod et stort krav, ingen kan slippe forbi, og ventede på ham med livet i den ene hånd og døden i den anden. Han blev andagtsfuld i sindet, thi livets alvor drog ham nær.

Rundt om hans hytte bredte sig det tavse land, der var bundet af lyng og pors, de sure sige og de flyvende banker. Men det var, som om buskene og marehalmen hviskede til ham om et liv, der lå under deres rødder, et slumrende liv, han skulle vække. Hver plet drog ham til sig, og her følte han sig fæstet til livstjeneste.

Måske var dette ham ikke stærkt bevidst, men det var alligevel sådanne tanker og følelser, der dannede understrømmen i hans sind i disse tider.

"A tror, a vil have plantet et læbælte om ejendommen, Ane!" sagde han en dag til sin hustru.

"Tror du, det kan gro?" spurgte hun.

"Det skal i alt fald prøves!"

"Det kunne du jo!" svarede hun og så op.

"En række træer langs med skellet, det ville se godt ud, hvad!" vedblev han og så lyst ud for sig.

"Ja, bare det ville gro!"

"Jorden skulle naturligvis kulegraves og så en stor grøft udenom. Så fik vi det også så herligt for os selv; - og så kunne folk da også se, hvor En boede," tilføjede han og så til hende med et smil.

Hun smilede igen og rystede ganske lidt på hovedet.

"Ja, da skal det nok blive, om Gud vil, og Ole vil, og tøjet det vil holde, som han siger Ole Fragtmand!" sluttede han og gik ud i stalden til sine dyr.

Bag en alentyk tørvemur stod to små stude, to gamle køer og en kalv. De trippede i båsene, da Søren kom med favnen fuld af tørt klitfoder, som de kastede sig over med stor grådighed. Mens de gnaskede på halmen, kælede han for dem, kløede dem og snakkede forskelligt med dem. Derefter faldt han i tanker, og det varede længe, inden han kom ind i stuen, hvor han satte sig med en bemærkning om, at de måtte se at få bygget til sommer, om det på nogen måde kunne lade sig gøre. - "A tror ellers, at den brogede kalv bliver til et helt høved, Ane!" lagde han til noget efter.

"Det var da morsomt!"

"Ja, det tror a skam!" Efter en stunds forløb sagde han: "Syng en af din fars viser, Ane, det er så rart i mørkningen!"

Med barnet ved brystet vuggede hun takten med overkroppen og sang:

> Ej gods og guld a spørger om,
> når a har sjælero.
> Er sundhed kun min ejendom,
> så er jeg glad og fro.
> Og stedse op mod himlen klang
> min morgen- og min aftensang.
>
> Når solen luerød opgår
> i gyldent stråleskær,
> når engen tæt med blomster står,
> og agren vipper bæ'r,
> da tænker jeg, at denne pragt
> blev til vor lyst ved Herrens magt.
>
> Og når mod aften sol går ned,
> og fuglen tier kvær,
> når al naturen ånder fred,
> jeg føler, Gud er nær.
> Da hviler jeg min trætte arm,
> og slumrer ind fra dagens larm.

# Kapitel 3

Allerede i slutningen af februar smeltede sneen, og straks var Søren Brander ude med sit favnemål. Han målte på kryds og på tværs, overvejede og inddelte. Han gjorde det på den ene måde og på den anden måde. Også oppe i de høje klitter, som tilhørte ham, vandrede han længe om og stod og spejdede til alle sider.

Han var ikke stor, vist heller ikke særlig stærk, men enhver af hans bevægelser var ejendommelige, snare og spændstige, og i det noget blege ansigt, der indrammedes af brunt, kruset kindskæg, lyste et par vågne øjne, der blinkede af energi.

En søndag kort efter, før frosten endnu rigtig var af jorden, ilede to mænd med digearbejde i skellet på Søren Branders lod. Det var tidlig morgen, køligt og tåget, og hvidt pudder hang endnu i lyngrisene. Solen brød dog stærkere og stærkere igennem, glimtede på rimens tusinde krystaller og drev damp og ange op af den rygende jord. Kampen mellem natten og dagen, vinteren og våren, en fødselsfest for det ny. Nu gryede det også over Sørens fremtidsplaner, som han i dag troede mere fast på end nogen sinde. Lethåndet førte han sit redskab, og tanken syntes at være langt forud for hånden.

Arbejdsmanden Jens Bjerg, som hjalp Søren, var en tungere natur, der brød tværs på. Han havde så bred en ryg med krydsede seler over en blåstribet bluse. Hans spade gik med ét sæt lukt gennem rødderne, og rundt om ham væltede jorden op som fra en gravemaskine. Han var nemlig en overhånds stærk mand.

"Har Peter Vibe ikke også lovet at hjælpe dig?" spurgte han og hvilede sine arme på spaden. De knoklede hænder var lodne af lange, mørke hår. Et stærkt fuldskæg groede over hele ansigtet, og tykt og tæt og langt hang håret ham

som en manke ned i panden. Mellem al denne hårvækst
sad et par godmodige øjne og smilede i godt lune.

"Jo, a tænker, at han snart skulle være her!" svarede
Søren og lod blikket strejfe diget.

"Han ligger vel på reden endnu, viben!"

"Åh, han er ellers en tapper slider; han er såmænd så stiv
som et stykke træ. Men siden han kom på sognet, er han
jo som lidt ligeglad!"

"Ja, han har jo også den store skade nedenom," bemær-
kede Jens og spyttede i hænderne, "og han har kanske
også haft en vel ringe indendørs-besætning," tilføjede han
og trykkede spaden ned med sin træsko.

"A tror egentlig, hun har været flink nok, konen. En
krones penge om dagen til en halv snes mennesker, det er
sådan henved en cirka 10 øre til hver; der kan egentlig
ikke være meget at fedte hen ved det, Jens!"

"He! Nej, det er sgu sandt og vist, he!" Jens hev en væl-
dig spadefuld op.

"Der har vi manden," udbrød Søren og smilede, "og han
ta'er også nok ordet med det samme!"

"Ja, Peter!" Jens skubbede huen ned i nakken og lo, "han
er ikke nådig. Han bruser sgu lige så højt, som han plejer,
den arme rad, og fører så stort et sprog som nogen propri-
etær, he! Men det lader til, at han holder humøret oppe
ved det samme, og hvad så -!"

Peter Vibe nærmede sig med sit redskab over skulderen.
Et hul på hans ene træsko var bødet med en lap af et
gammelt støvleskaft, og hans blå hvergarnsbukser bar på
knæerne store, sorte klude påsyede med lange, hvide
sting. Men Peter nynnede fornøjet og lod til at være i den
lyseste stemning.

"Nå, hvad er egentlig meningen med dette her, Søren?"
spurgte han og brystede sig.

"A ville jo forsøge, Peter, om a kunne få lodden indheg-
net og kulegravet til nogle træer her for vesten, - at be-

gynde med!" svarede Søren Brander og pegede med hånden.

"Træer!" tog Peter på. "Hum! Her kan sandten aldrig gro træer sine dage! Gud forstår, hvordan mennesker kan komme på sådanne tanker!" Han spyttede foragteligt skråen ud og huggede spaden i jorden, som om han ville sønderhakke al den dumhed, der var til på denne tåbelige klode.

Derefter løsnede han et uldent halsklæde og stoppede frisk kardus i munden. "Ha!. Ha! Tho den grøft er minsæl ikke bredere, end en frø kan skræve over den!"

Jens Bjerg løftede sit buskede hoved og svarede: "A tror sikkert, at en vibe mageligt kan ligge her, Peter, om så også den breder vingerne ud!"

Så fløjtede Peter Vibe en visestump og tog fat med de andre. –

Efter en anstrengende dag samledes de tre arbejdere om aftenen i Sørens stue. Umalet var bohavet, og nøgent og fattigt så det lille rum ud. Over kakkelovnen hang Sørens ragekniv i en vinkel på et stykke broderet sækkelærred. De eneste vægprydelser var i øvrigt to forgyldte Nürnberger-billeder med bibelsk indhold.

Mændene tog forventningsfulde plads ved bordet. En god beværtning var nemlig den eneste løn, de to husmænd ventede for det villighedsarbejde, de havde ydet Søren. Først kom et sigtebrød til 25 øre, så en flaske brændevin og en rygende varm flæskepandekage i en sort stålpande, der omhyggeligt blev sat på en sammenfoldet avis for ikke at snavse den hvidskurede bordplade.

"Dette her er sandten en god levemåde, folkens!" sagde Peter Vibe og tørrede fedtet af mundvigene.

Søren skænkede: "Held den drip i næbbet, Peter, så skal du se, hvor hun læsker!"

"Ah! – sådan en god dansk dram, den ligger så roligt i maven. Det er noget helt andet end al den cognac og futsprut, prokuratoren bællede sig med, for det måtte da absolut æde indvoldene, skulle En synes!"

"Hvor længe tjente du egentlig prokurator Vindfeldt, Peter?" spurgte Jens Bjerg, for at bringe Peter ind på emnet.

"8 år! – Siger og skriver otte år! – Det var det sidste år, vi havde den store sag med justitsråden!" lagde han til. "Om prokuratoren duede!?" Peters miner blev som forstenede af forbavselse. "Om han duede? –Du kan lige bande på det. Justitsråden til eksempel, han havde sin soleklare ret, derom var der ingen spørgemang, men gu måtte han alligevel krybe til korset!" sagde Peter ivrig og satte knoerne i bordet. Derefter hældede han sig frem og hviskede, idet han blinkede med øjnene: "Vi kendte jo finterne, forstår I!"

"Du skulle ha' taget eksamen dengang!" ytrede Jens Bjerg lumsk.

"Ja, a skulle! Men ungdommen, Jens!" svarede Peter med et beklagende skuldertræk, og så visdommen, du ved! – Nej, men a takker Gud for mine juridiske kondevitter et cetera!" Dermed var han inde på den periode, der havde været det højeste moment i hans liv.

"Nej, men at du skulle kunne sætte alt det igennem med plantning et cetera, som du taler om," udbrød Peter senere på aftenen, "nej gu … ja var du en mand som prokuratoren eller en af de andre kreaturer! Men du er jo alligevel ikke andet end en sulten lus, Søren, hvad!" sluttede Peter senere og sugede glasset.

Men Søren udviklede sine tanker med en fyrighed og en varme, som rev de to andre husmænd med. Sluttelig sagde Peter Vibe dog i en temmelig sikker tone: "Det er det samme! Den dag gi'er a en rød ko og hundrede daler!"

"Det er en prøve værd! – Det er en prøve værd!" gentog Søren og nikkede.

Efter således at have tilbragt hviledagen, krøb de tre
slidere i sengeklæderne for atter næste morgen at stille på
arbejdsmarken.


## Kapitel 4

Foderet i Søren Branders laderum sank foruroligende, og
de knoklede, langhårede høveder brølede, når nogen gik
med dørene; men mest hang de med hovederne og stirrede
sløvt ned i de tomme krybber.

Men en dag sivede der ind gennem det utætte hus en
egen luft, der fik drøvtyggerne til at rejse nakken og gjor-
de dem urolige i båsene. Endelig gik da døren op for det
mørke tørvehus, og vinterstrikkerne løsnedes.

Den brogede kalv stak næseborene til vejrs og inddrak
den rusende duft af markens spæde urter, så den dinglede
på sine skæve ben, mens blikket svømmede i vellyst, og
savlet drev fra mulen.

Alle vegne var der som en spådom om noget, som skulle
komme. Småfuglene, der byggede i lyngen, fløj hastigt
frem og tilbage og samlede til reden.

Da besluttede Søren sig til at prøve, om købmanden ville
borge ham materialer til et udhus.

Studeåget med halmpuderne, det ny dræt, han ved fade-
rens hjælp havde lavet om vinteren, kom frem. Hellig-
dagstøjet kom frem og blev hængt på bjælkesømmene, og
de stive støvler fik tran om aftenen, for at alt kunne være
klart om morgenen tidlig,  når rejsen skulle gå for sig.

Om natten lå han på lejet og sparkede dynen af sig; han
kunne ikke bjærge sig for varme, syntes han. De udreg-
ninger, planer og ængstelser, som hver af vinterens dage
havde haft sin gang gennem hans hoved, dem var det, der
gjorde ham urolig. Nu ved afgørelsens stund kom de alle

på én gang og pressede sig som en hed strøm gennem hjernen … Tørvehuset var alt for lille og uhensigtsmæssigt; det kunne desuden ikke stå længere. Og han måtte have tag over dyr og avl, om det hele ikke skulle falde sammen om ham … Måske han ikke burde have taget fat på bar bund her uden en øre på lommen, men han havde ikke kunnet modstå den drivende uro, der ikke ville unde ham fred, før han var gået i vej med sagen … Nej, igennem måtte han, om han så skulle knække halsen. Her var den eneste vej for ham og hans at bjærge sig frem på.

Han havde jo ganske vist nogle sammensparede kroner, men ti alen hus med tømmer og tag og arbejdsløn! Han måtte gøre stor gæld.… Men hvis det ville gå efter planen og lykkes nogenlunde for ham, og han måtte beholde helsen og kraft til at få stil og skik på sagerne, og hvis intet ellers skulle støde til, og han kunne få et stort kreditforeningslån, - se så kunne det jo også nok gå …Der var jo rigtignok seks munde om brødet, og når enhver så skulle have sit, så … Dog, nu ville han sætte alt ind og vove spillet.

Men skulle han tabe, skulle den stund oprinde, da ubetalte regninger og brudte løfter skulle omringe ham, så syntes han, at han ingen steder kunne vende sig for sorte skygger …

Til sidst tog søvnen ham og bar ham derind, hvor drøm og virkelighed flyder sammen, og hvor der bygges de dejlige slotte, der ikke er gjorte med hænder.

Ved solens frembrud satte han studene i gang. Her i lyngen gik mange vejspor ved siden af hinanden, men Søren Brander kendte det rette og fandt ud til den sandede indkastvej, som førte til målet. Solen gennemstrålede den kølige luft, der rundt om fyldtes med fuglenes morgensang. Ellers hørte man intet uden den fygende lyd af løbende sand om hjulenes gang og eger.

Under den søvndyssende fremgliden hensank Søren på
ny i udregninger.

"Godmorgen, Søren!" råbte Jens Peter Klit, der trak sine
køer på græs og lige havde fæstet den sidste. "Skal du til
købmanden?"

Søren for op. "Ja, - trr! – Ja-a, a har tænkt at bygge mig
et stykke hus til sommer!"

"Held og lykke med det! – Ja, nu er a ved at være lige-
som en smule træt af det … hjo-ov! En bliver bra' hen ad
årene, og så duer En ikke til at være i klitterne. Nu har a
slåsset med den lyng og de siver i en fyrretyve år, og a har
endelig kunnet kommandere det hidtil, me-n så snart En
gi'er et bette kun fir, så tager det magten, det skidt! …
Hvem har beslået den vogn? – Skræm Smed! – Du skulle
få mirakelsmeden til det, han er så fandens bekant til at få
dem til at gå let. – Ja, de unge dage, det er en dejlig tid,
Søren!" sluttede Jens Peter. "Lykke på rejsen!"

Nu var det store spørgsmål, om Søren kunne få på borg.
Han stod i butikken og skottede til kontordøren, hvor den
mægtige mand skulle vise sig. Dér kom han også til syne,
men han var væk igen med det samme; han for ud og ind
og logrede omkring en storbonde fra Hagerup, - konkur-
rencen voldte jo vanskeligheder. Husmanden fra Klitten
ænsede købmanden næppe, og Søren kunne ikke få sagt,
hvad han ville, for ordene blev til en klump i halsen.

Så traf det så heldigt, at Jens Nørgaard fra Lendum, af
hvem Søren havde købt sin huslod, kom til stede, og ved
hans mellemkomst ordnedes sagen let. Snart skyndte Sø-
ren sig at læsse på under en befriende følelse af, at nu var
han over den pine.

Det blev en træls hjemkørsel med de magre stude, der
næsten krøb frem i det dybe sand. Engang imellem stod
de stille og pustede, men fremad gik det dog ud i det en-
somme mose- og klitlandskab. Solen gik ned, og dagen
sov ind, alle lyde stilnede af, kun naturens åndedræt hør-

tes, mens køretøjet skred langsomt længere og længere ud i stilheden.

Studene dinglede af slaphed; til sidst kunne de ikke flytte en fod. Han så medlidende på dem og tænkte, at han gerne ville tage et tag for dem, om det kunne have nyttet. Så lokkede han dem med venlige og opmuntrende råb et stykke frem igen.

Endelig svingede han ind på sin egen hedelod, hvor han skimtede sit hus i sommernattens lette tåge.

Det var underlige og mangfoldige tanker, der rørte sig hos ham, da han kom dragende med dette læs til sit fremtidshjem.

Der var mange læs tilbage.


## Kapitel 5

Det unge husmandsbrug med bygning og besætning krævede foreløbigt mere, end det gav, så Søren visse tider på året måtte ud på erhverv. Men han søgte ikke de pladser, hvor kun en almindelig dagløn kunne opdrives. Han var et hurtigt hoved og fik snart sans til at spore en akkord op, der kunne give godt udbytte. Dog var det jo kun i snuptag, han på denne måde huggede sig vinding til; thi ret længe kunne han jo ikke være borte, uden at huset forsømtes. Og det derhjemme var som hans øjesten; alt, hvad han kunne skrabe sammen, kastede han i bruget og driften, thi han troede på fremtiden, sejren, høsten og de gyldne agre.

Men i de første år, når Søren således var ude, og Ane sad tilbage i det enlige klithus som en fremmed midt på marken, da var forladthedsfølelsen blevet hendes gæst. Ensomheden var kommet sivende ind til hende ude fra de øde lyngflader og de tomme klitter. Alt, hvad hun gjorde for at holde den tilbage, var som kastet i strømmen; den bare sivede og sivede og steg som vand i mørke. Da var hun mange gange løbet op på bakkerne mod syd, hvorfra hun kunne se kirketårnet i sin fødeby. Her stod hun så og stirrede med hånden over brynet og lyttede, når solen ringedes ned, thi ud i Klitten nåede ikke klangen af nogen kirkeklokke.

Den fremmede, som slår sig ned herude, gribes nemlig, når han eller hun sidder ene i et tomt hus, af en uimodståelig længsel efter menneskesamfund, uagtet den storslåede natur her har sin særegne skønhed. Vel er klitterne grå og triste, lyngbakkerne tunge og mørke, og mosset ved ens fod ser vissent ud. Men en sommerdag bringer forvandling. Herude gælder belysningen mere end noget andet sted. Når solen står højt, vælder strålerne ned over det åbne landskab og vokser til et hav af lys, der vugger sig mellem synsrandens vide kyster. Det glitrer og blinker fra vinduesruder og hvidkalkede husvægge, fra alt, der kan kaste genskin. Langt mod nord svæver klitterne som lette dynger, der næppe synes at røre jorden, ilende varmebølger jager hinanden, hvorhen øjet vendes, og vidt om ses gennem et flimrende strålenet fjerne bakker, huse og vejrmøller flydende oppe i den lyse, tindrende luft.

Men, når solen synker, da er tiden til at se dette land i dets fulde skønhed. Da har luften dirret sig træt. Lyshavet vugger sig til ro, bakker og klitter bliver faste og dog bløde i deres omrids som et levende legemes rundinger, og svøbt i det blide skær fra den synkende sol lægger landet sig til hvile som i evig fred...

En sådan sommerdag færdedes Ane i sit underskørt mellem køer og får. Søren var ude på kanalarbejde. Men om hun end savnede ham stærkt, så havde hun nu ikke længere rum for hin længsel efter menneskesamfund som i tidligere dage. Henne ved husgavlen sad jo den gamle Brander med messingbrillerne på næsen og huggede på det ny

udhus, mens børnene legede med spånerne, som krumme-
de sig på jorden. Og desuden havde hun jo travlt med
kreaturerne.

Hun undredes over, at de kunne finde føden på disse
golde agre, thi i hendes fødestavn nåede græsset til køer-
nes knæ, og kornet stod dér så tæt, at en orm knap kunne
vride sig igennem det.

Alligevel, her var Ens egen grund og ligesom et fodfæste
for hende og Søren, syntes hun. Men ploven stod i denne
tid og ventede, de spæde træplanter langs skellet hang
med bladene, og marken lå kold og død, thi Søren var
borte … Blot han dog måtte beholde helsen, så kunne det
dog være, at de kunne nå frem til det, de havde tænkt sig
…, men hun turde næsten ikke tænke derpå, for hun for-
stod godt, hvor fin en tråd det hang i, hvor varsomt de
skulle fare, at det skøre ikke skulle briste, og ofte ængste-
des hun for, at den lille ting skulle indtræffe, som kunne
forstyrre det hele.

Det var hendes tanker.

Imidlertid brændte solen lige ned på ryggen af dyrene,
der pilede af sted i alle retninger med halen til vejrs. Alle
af familien, der kunne flytte foden, kom i bevægelse. Den
gamle kastede brillerne og træskoene, thi når de tunge
klove gik over rugen, var det, som de trådte på hans hjer-
te, for på hvert lille strå kunne der dog være blevet nogle
kærner til sønnens fattige bord.

Efter et måltid af kartofler og meldyppelse og efter mid-
dagsluren fik den gamle atter øksen fat. Mens han hugge-
de, tænkte han på ethvert venligt ord, ethvert mildt øjekast
og enhver overbærenhed, de unge havde vist ham; med
hver nagle, han slog i, fæstede han et godt ønske for deres
fremtid, og ethvert stykke blev sammenføjet under oldin-
gens velsignelse, medens dagens skygger blev længere og
længere.

Da stod husene og vejrmøllerne mod øst klart tegnede på den faste jord, og bankerne mod vest lå i blålig dis under en purpurfarvet himmel. Den gamle mand hvilede sine arme, så på den synkende sol og tænkte på aftenen, som kvælder over ethvert liv.

## Kapitel 6

Det drømmende, violette skær fra den blomstrende lyng i september havde frydet øjet ved sin indtagende ynde. Men nu lå hedefladen falmet med visne græstotter stikkende op mellem afblomstrede, rødbrune ris, forpjuskede af blæst og regn. Langhårede kreaturer traskede løse omkring over nysået rug og pløjede stubbe og søgte erstatning for det svindende huld. Fåreflokkene drev, hvorhen vejret førte dem, og hver dag løb børn omkring og spurgte efter bortløbne væddere.

Ude i klitterne var der travlhed med at dæmpe de åbne sande, der truede markerne, hvoraf befolkningen skulle nære sig, - en kamp mod flyvesandet, hvis saga indeholder mange optrin om vidstrakte hærgninger, magtløs modstand og rømmet jord.

Søren Brander hentede lyng, og Jens Bjerg lagde den ned i de flyvende klitter, børn rykkede klittag, som nogle kvinder, anført af Peter Vibe, plantede på udsatte steder.

Ude fra havet suste vinden ind mellem sandbjergene og hvislede gennem marehalmens blågrønne blade. Efterårsrusk sivede ned fra mørke skyer og dryppede fra kvindernes skørter, der var trevlede forneden. Børnene bankede de af kulde og fugtighed ophovnede hænder. Peter Vibe tog sig en ekstra skrå og rettede på kvinderne, der under drilagtig spøg og munterhed gjorde ham førerstillingen pinagtig nok.

Banker og flader bredte sig i storslået udstrækning som et bjerglandskab med udbrændte kratere og kegletoppe, hvorover stormen for og piskede slud og fygende sand til tåge, mens havet dundrede mod den skumklædte strand, og efterårshimlen var som en åben sluse for alskens uvejr.

Ved middagstid blev det en ren orkan, og enhver søgte at vinde hjem til sit, hvor stumper af mønningstørv og gammelt tag, som stormen ruskede af huset, røg dem om ørerne. Der var nok at gøre med at afstive de rystende hytter, der bævede som angstfulde dyr.

Efter at have bundet huerne fast, hjalp mændene hinanden med at få alt, hvad der havde tyngde og vægt, op på tagene, og alt, hvad der havde styrke, anbragt til stivere. Men kvinder og børn sad skræmte i stuerne og skælvede for det Herrens vejr, som bragede gennem husene.

Søren Brander havde sat al kraft ind på sit ny udhus, så agrene lå vanddrukne som en svamp og ventede på udgrøftning; dog havde han ikke fået det helt færdigt, og nu kom orkanen.

Den tudede i skorstenen, slog døre op og huggede døre i, så kalken raslede fra lervæggene, den klamrede med alle løse genstande og førte nogle tomme baljer, der stod ved brønden, ud i heden. Den bøjede sig ind gennem åbningen på den halvfærdige bygning og stemmede sig mod taget fra den indvendige side, så det bølgede på lægterne, og man hvert øjeblik kunne vente det revet bort, spredt til alle sider, og det blotte træværk brase sammen som et tørt skelet.

Søren, Ane og faderen tumlede ivrige af sted, men vidste vel næppe, hvad de gjorde, så rædselsslagne følte de sig i deres afmagt over for den utæmmede naturens fremfarende vælde, der hensynsløst syntes at ville knuse det, som endelig møjsommeligt var rejst under ængstelser og bange håb.

Granderne kom slæbende med træer, fjæl og andre anvendelige ting. Folk løb ilfærdige frem og tilbage, nogle vidste næppe, hvor de skulle gribe fat. Peter Vibe gjorde tegn og fagter og råbte kommanderende, men ingen kunne i bulderet høre, hvad han sagde, ingen brød sig heller derom. Løse strå hvirvledes rundt i luften. Huset knagede uafbrudt i alle sammenføjninger og våndede sig under stormens mægtige tag.

Ane kom ud engang imellem, men skørterne snoede sig om hende, så hun næppe kunne flytte foden, og hun kunne knap stå på jorden, især under de omstændigheder, hvori hun for tiden befandt sig.

Da hendes mand løb forbi hende, udbrød hun med grådkvalt stemme: ”Åh, Herregud, Søren!” Han hørte intet, så hende ikke, skyndte sig op på taget med et tov. Den gamle, der havde svært ved at holde sig på benene, gik omkring og klagede sig, mens han tørrede de rindende øjne.

Stormen rasede som et buldrende hav, hvori enhver anden lyd og larm druknede. I stigende og faldende bølger brusede den mod hytten, der gav sig som et skib i havsnød. Oppe på tagrygningen sad Søren med revne klæder, bart hoved og vildt flagrende hår om det kridhvide ansigt – som på den sidste planke.

Så kom natten, da ingen kunne udrette noget. Men ingen kunne heller ligge rolig i sengen. De sorte skikkelser arbejdede sig langs de rystende husvægge, lyttende, spejdende og følende sig for. I den mørke, stormfulde nat vågede beboerne over de faldefærdige huse, som var deres eneste rigdom.

Næste morgen sås ødelæggelsen. Nedstyrtede skorstenspiber, oprevne tage, knuste vinduer, faldne mure, væltede tørvestakke, - dette var stormens sørgelige spor. Også hos Søren Branders var skaden ikke ringe.

Og vinteren stod for døren.

# Kapitel 7

Hedens hulveje og vildsomme spor gennem dybt sand og over knudrede tuer var den eneste forbindelse mellem Klitten og omverdenen.

Dog hørte man aldrig nogen komme til skade ved at vælte, thi der er ingen, der som en klitbo forstår at liste sig frem med et par stude over ufarbare steder, ingen, der som han i nattens mørke forstår at famle sig frem i al sindighed og nå netop derhen, hvor han skal.

Men når jordemoderen skulle hentes, tyede man gerne til Niels Pind, Klittens Krøsus og ældste nybygger. Han havde altid et par velnærede heste, og ved sådanne lejligheder var der aldrig "nej" i hans mund, hvor tvær end ellers denne forsigtige pengepuger kunne være.

En efterårsaften var Niels Pind på farten efter madam Hansen til Søren Branders kone. Da Niels var til års, var Jens Bjerg fulgt med for mørkets skyld. Det var nemlig så begsort, at man som en blind hvert øjeblik frygtede at løbe imod noget. Alligevel skred vognen rask frem ad en hulvej, der var så dyb, at det var umuligt at komme ud af sporet. Men med ét standsede hestene.

De var ikke til at drive af stedet.

Niels gik rundt om køretøjet uden at opdage noget usædvanligt.

Madam Hansen begyndte at påkalde Vorherre, men Niels spurgte Jens, om han ikke havde stål i lommen. Jo, han havde en kniv, som "mirakelsmeden" havde lavet, men han ville ikke garantere for, hvor meget stål den indeholdt.

Imidlertid måtte den prøves. Niels huggede kniven i forenden af vognstangen og søgte på ny at tvinge dyrene frem. Umuligt.

I dette kritiske øjeblik muslede det i lyngen forude, hvor nogle brægende får og lam krøb op af vejsporet, og så travede hestene villigt frem. Niels Pind udstødte nogle vrissende lyde, mens jens Bjerg lo, så han hoppede i agestolen.

Imidlertid var der uro ude i Søren Branders hytte. I den eneste stue stod der en dragkiste, to umalede sengesteder og en foldebænk, hvor børnene hvilede om natten. Peter Vibes kone, Maren, var til stede i anledning af den forestående begivenhed. Søren og hans far gik ængstelige ud og ind og lyttede efter lyden af vognhjul.

Det viste sig efter en stunds forløb, at jordemoderen fandt det uundgåelig nødvendigt, at der kom bud efter lægen.

Søren løb tværs over grøfter og banker til Jens Bak på "Den brede Sande"; han var den nærmeste, som holdt heste, og dog boede han over en fjerdingvej borte. Blodet bankede som trommeslag for Sørens ører. Tre mil til lægen – og han kunne være ude! – Tre mil tilbage – og hun kunne være død! … Han løb, så han snublede og faldt. Seks mil! Seks lange mil! – Disse veje! – Dette mørke! – Måske otte, ti, måske tolv timer … "Herregud i himlen!" råbte han højt, "hvis hun dør fra mig og de små!" og så løb han, som når det er livet om at gøre … og Jens Bak er så evindelig langsom i vendingen! … Seks mil! … Han kunne ikke tænke på andet, mens rædslen jog ham frem i den bælgmørke nat …

Da Jens Bak var kommet op af sengen, havde fået sig et par mellemmadder, havde fået seletøjet på øgene og vognen smurt, satte Søren sig ned på en trillebør, der stod i gården, segnede træt og gennemvåd af sved, mens tankerne dundrede gennem hans hoved i summende vildrede, som når mange mennesker taler i munden på hinanden.

Imens sad jordemoderen og Maren Vibe og drak kaffe, da den syge syntes at slumre. Foldebænken med strittende halmstrå langs randen var som en rede, hvor ungerne lå og sparkede i fjerene. Stuens luft, der var kvalm af de mange menneskers åndedræt, blev ophedet fra den næsten glødende kakkelovn, så den brændte på kinden. En petroleumslampe, hvis flamme osede op af et revnet glas, oplyste stuen.

"Nej, når a ikke kan få en tår kaffe," sagde Maren Vibe og tyggede på sukkeret, "så kan a ikke være tilpas."

Jordemoderen nikkede bifaldende og blæste på den rygende drik.

"Her var såmænd ikke så mange bønner, En kunne lave en kop ordentlig kaffe af," vedblev Maren hviskende.

Så rejste den gamle Brander sig fra sengen, hvor han havde kastet sig med tøjet på, og spurgte sørgmodigt: "Hvad tror du om det, Line?"

Jordemoderen håbede det bedste, når lægen snart kunne komme.

Da han gik ud, bøjede jordemoderen sig tæt til Maren og spurgte, hvorledes det gik med den gamle nu om tider.

"Når han kan få drammen, så er det vel omtrent ved det samme, men her er jo ikke stort til overs, kan du nok forstå. – A vaskede et kun for dem den anden dag," vedblev hun hviskende, "og Søren har såmænd ikke uden tre skjorter, og de er lempelige, kan du tro, det ved Gud de er. Men stort skal det jo være alligevel. Han bygger lade, og han planter træer, men folk siger også, at det er nok for, at han noget før kan gå på sognet --- En bette tår til?"

Ane vågnede og klagede sig.

"Det sølle menneske!" sagde jordemoderen, "nu kommer det nok!"

"Guds vilje ske! må vi vel sige," tilføjede Maren Vibe med blikket skråt op efter og foldede hænderne over maven.

Den syge kvinde udstødte de jammersråb, der er hjerteskærende frem for nogen anden lyd.

Den gamle trådte hen til sengen og strøg hendes hånd, der lå på dynevåret. Han strøg den gang efter gang og sagde hele tiden: "Bette Ane! Bette Ane!"

Rundt om var der sort nat. Kun ud fra den lille stue blinkede lyset, der brændte for det vagthold, der vågede, hvor liv og død snart skulle holde brydetag.

Henad morgenstunden kom lægen. Han så sig hjælpeløs omkring i det overfyldte rum, for han syntes næsten ikke, her var et sted, han kunne hænge sin pels.

Søren og faderen gik ude i laden med børnene, der klynkede og græd, og der hørte de véråb og smertensskrig, der skælvede i dødsens vilde angst. Og da hændte noget underligt med Søren. Det var, som han var ganske alene med Gud i himlen, og så syntes han, at et helt nyt, hidtil overdækket lag i hans indre brød igennem, noget han aldrig havde vidst at eje, og det vandt skikkelse, trådte frit frem for Guds åsyn og sagde: "Du får lade mig beholde hende, Vorherre! Ellers går det galt!"

Siden blev han så sælsom rolig.

En time efter åndede et nyt liv under Sørens tag. "Men," sagde lægen, "ro og diæt! – Og så må de virkelig sørge for at få nogle flere sengeklæder, for dette her kan konen ikke være tjent med."

Om morgenen, da lampen slukkedes, og dagens grålys sivede ind ad de duggede ruder, kom Peter Vibe og spurgte, hvorledes det stod sig.

Han fik en tår kaffe, og Maren sagde til ham, at de kunne vel gerne tage nogle af børnene hjem med sig, da Ane skulle have ro.

Jo, det var der da ingen ting i vejen for.

"Vi får dem vel nok stablet sammen, og så kan Ane vel også låne vor underdyne."

"Det byder sig selv!" svarede Peter og slubrede kaffen i sig.

Morgenens døsighed efter en vågenat, fuld af spænding og bekymring, sænkede sig over husets beboere, der tog sig et lille hvil.

## Kapitel 8

På en rasende storm af nordøst holdt vinteren, barsk og bidende, sit indtog over den nøgne kyst og herskede med knugende hånd over de lave huse bag klitterne.

Så snart en bar, optøet plet var at se på de hvidfrosne ruder, lod vinteren den straks fryse til igen, at ikke en solstråle skulle trænge ind i hytterne, og når nogen viste sig under åben himmel, piskedes han i ansigtet af sne og hagl, eller kulden sved den nøgne hud, der ikke var beskyttet af uldne lag; alt følsomt og levende søgte ly for vinterens hårde vælde.

Klitboen færdedes i stald og stue, i lo og lade som i dunkle kældergange, mens vinteren tærede på saltmad og foder. Når han røgtede om aftenen ved lygtens skær, stængede han døre og lemme, skudrede sig og sukkede: ”Gud hjælp den arme, der hverken har hus eller hjem!”

Søren Branders hustru måtte holde sengen. Hun så næsten aldrig solen i denne tid. De korte dage var kun som et tusmørke på nogle få timer, men nætterne var så uendelig lange.

Når hun ikke kunne sove, lyttede hun til de mange åndedræt i den lille stue og ængstedes for, at de små skulle fryse. Ganske vist var næsten alt gangtøj foruden dækkener anvendt til sengeklæder, der ikke var øget i samme grad som børnetallet, men her var så koldt, at hun gyste, hver gang hun stak en nøgen arm frem i natteluften. Og nu, det ikke var nødvendigt at våge hos hende mere, kunne det ikke gå an at fyre om natten, thi ildebrændslet var dyrt.

Søren sov fast ved hendes side; han havde nemlig våget hver nat i lang tid og omtrent en måned ikke været af tøjet, kun blundet i ny og næ, når søvnen overvældede ham.

Hvor inderlig god han havde været, tænkte hun, og dækkede ham kærligt til … Mon hun nu ikke snart kunne komme op igen! Der trængtes så hårdt dertil. Den smule, de havde i saltkarret, var sikkert svundet alt for stærkt. Og mælken! Og smørret! – Der var dog ingen synderlig skik på nogen ting … Maren Vibe var såmænd villig og flink til at se over til dem, men det var så mådelig bevendt med hende til sådan noget … Og renligheden! At hun også skulle ligge midt i alle disse ting, som hver dag kaldte på hende, det var forfærdelig pinligt …

Og dette måtte jo være stort tab for dem! Stakkels, kære, gode Søren! – Hun strøg ham uvilkårligt over håret … Ja, ja, Vorherre kunne da også hjælpe!

Enten det nyttede eller ikke, kunne hun ikke lade være med at fortælle ham al verdens ting, som trykkede og pinte. Og når de alle sov, og hun lå ene vågen, så syntes hun egentlig bedst, hun kunne ligge og snakke med ham … Naturligvis forstod hun jo nok, at hun ikke var sådan så troende, som hun skulle være, og som så mange var, men hun kunne ikke gøre det bedre, og nu, det på så mange kanter lukkede sig om hende, syntes hun, her var det eneste åbne sted for en lysning …

Når hun blot kunne blive rask, så var de jo unge folk, og det kom vel nok til at gå for dem på en måde. Alle kunne jo ikke have det lige godt, og livet var jo ikke altid så lige ud ad vejen, - det var der jo heller ingen, der havde lovet hende … Ak ja! Hun var så træt og kunne dog ikke lade være at tænke på så mange, mange ting, for nætterne var så uendelig lange …

Når dagslyset skimtedes, krøb Søren af sengen og fik tændt i kakkelovnen. Så skulle der laves mad, og hundrede andre småting var der at udrette.

De fulde fade stod inde i stuen på bordet og på dragkisten, og endda var mælken frosset. Dens overflade var pudret med støv, der havde fundet vej derhen, uagtet fadene var dækkede med gamle aviser. Mælken sugede dag og nat al den os og dårlige luft, her var, og fløden stod gammel og vreden i en krukke under kakkelovnen.

Den gamle hjalp trolig Søren med alskens gerning, og som utydelige skikkelser gled de ud og ind i den halvmørke stues tåge, der rejste sig af støv fra legende børn, fra sengehalmen, når den rystedes, og røg fra den utætte bilæggerovn.

Hver dag snurrede benene under Søren af den evindelige, hvileløse trippen, som er forbundet med det kvindelige arbejde i et hus, og undertiden formørkedes hans blik af træthedens gnaveri og utilfredshed. Men så kiggede han til Ane, hvis blege, magre ansigt lå på det snavsede pudevår, og hendes smil lyste så varmt imod ham, at han mærkede i sit sind som en rindende strøm af glæde, der skyllede det gnavne væsen bort. Og benene flyttede sig atter let og villigt.

Når det randt ham i hu, at det lys, der her brændte for ham, for nylig havde været så nær ved at slukkes, steg lykkens følelse i hans bryst, og han måtte give hende et kys.

Men straks kaldte mangeartede og mangfoldige ting ham igen ind i den daglige optagethed af de allerførste og allernødvendigste fordringer til livets opretholdelse.

Der var således ikke meget tid for Søren til at tænke på noget andet end at holde ilden ved lige på arnen.

Og dog kunne der nok have været anledning for ham nu i terminstiden til at bryde sit hoved, men dels havde han ikke tid, dels var han træt og udvåget, og desuden skyede han at fæste tankerne ved pengesager i denne tid. Vel vidste han, at der forestod en opgørelsens stund; det skønnede han, som man efter visse tegn skønner, at uvejret kommer, - men endnu sejlede skyerne i det fjerne.

## Kapitel 9

Den strenge vinter havde jaget ethvert levende væsen i sin hule. Men nu herskede solen på ny, markens springende vildt viste sig igen, og enkelte jægere strejfede i bakkerne. Klittens folk krøb ud af hytterne, og hen over den blændende sneflade trak de hver med sin kælk til mølle med sække, mens grisene derhjemme gjorde et spektakel, som om de ikke havde fået mel i fjorten dage.

Sørens hustru kunne atter tage sig af husvæsenet, hvorfor hans tanker blev mere fri, og løsslupne tumlede de gennem hans hoved uden at falde til ro.

Han gik udenfor og så på ladebygningen, på digerne, læbælterne, alle disse små begyndelser, som nu lå tilsneede. Mon han skulle få lov til at fortsætte dem, når foråret kom? Det var vel rimeligst, at han til den tid måtte pakke sammen, flytte bort med hustru og børn og sige farvel til denne plet, hvor han dog havde slået rod. For alle de krav, der nu strømmede ind på ham, var over evne ... Købmanden! Doktoren! Apotekeren! Renter ... og næsten intet havde han at sælge til en kontant skilling. – At han skulle kunne klare de beter nu, det kunne ikke ske uden mirakler! ... Det eneste, der kunne springe, var grisen. Den var ganske vist bestemt til saltkarret, men nu blev det ikke denne gang. Men hvad forslog også det! ... Der var ingen slags arbejde at tjene penge ved, jorden lå frossen til alle sider ...

Således tumlede tankerne nætter og dage, dage og nætter, og jo længere tiden gik, des mere indfiltrede de sig til et uigennemtrængeligt vildrede. – I sådanne stunder er det, at fattigfolks ansigter fures og ældes, når bekymringerne hver time i døgnet behersker deres nerver og muskler.

Søren gik vel ved sit daglige arbejde, men der var ingen glæde at finde, thi det lå på ham i denne tid som en ulidelig tvang og byrde og forekom ham at være ganske håbløst og uden spor af mening.

Under disse omstændigheder sank hans hoved.

Det, der skete i hans ungdomsår efter hin skovfest ved Kratholm, var som et skabende bliv over sindets øde grunde, som grønnedes, en ny verden, der dukkede op af sjælens dyb.

Siden den tid havde hans evner og kræfter samlet og ordnet sig om et fast midtpunkt, det mål, han havde sat sig. Det havde givet ham den ranke holdning, og derom havde hans tanker kredset, det havde fastholdt og ligesom taget i tjeneste det i hans personlighed, som ville frem, som ville kæmpe og vove. Men det i hans natur, som ville vige, lysterne og det lave, sad uvirksomt tilbage, glemt og uænset for livets travle fremadhigen.

Men nu vågnede det glemte på ny. Nu, han var ved at tabe troen, nu da enheden og sammenholdet fløv ud med det synkende mål, nu kom det myldrende fra krogene i mange skikkelser hver med sin lokkende stemme.

Da var der ikke længere ét, han ville frem for alt. Da kendte han igen i sit bryst de gamle gyngende strømninger fra sin ungdomstid, trangen til sorgløst susende lyst ...

I denne stemning og sindstilstand stødte han en aften på Bolle-Mettes hytte. Hånden på klinken og derind, før han næsten vidste af det.

Denne kvinde, hvis tykke, sanselige læber og læderagtige hud gjorde et groft indtryk, og hvis sorte, urolige rotteøjne skinnede af begærlighed, forstod altid at trække kunder til huset, der var en velkendt smugkro. Sin meste søgning havde hun dog fra en fastere kreds af omegnens tvivlsomme eksistenser, som her havde et tilholdssted efter deres sind.

Siden kom han her oftere. Dagen efter angrede han det bittert. Men uagtet han vidste, at hans hustru sad grædende hjemme, og tanken herom skar ham i hjertet, uagtet han bag sig syntes at høre en kærlig stemmes bløde og inderlige kalden, så dreves han dog af sted af en overvældende magt, der var farten i hans tanke, ilden i hans puls og styrken i hans vilje. Og snart efter sad han bænket mellem Bolle-Mettes stamgæster.

Der var "svenskeren", en slagsbroder med et høgeansigt, et glubsk blik og en uforholdsmæssig lang næse. Der var "kludesamleren", hvis glinsende, kobberrøde, oppustede ansigt var som en svamp med blåsorte porer. Og der var "Fåre-Frederik", hvis tyverier herredsfogden aldrig kunne få ham til at bekende.

De så alle gerne Søren, når han kom stormende ind ad døren, som om han havde nogen i hælene på sig, for så vidste de, at krudtet ville fænge.

"Ta' mig hundred', ta' mig tusind', ta' mig hundred' tusind' brunstegte jævler öppe fra Sveriges rike!" brølede svenskeren og slog i bordet.

Snart var sviren i fuld gang. Kludesamleren sang en af kartemagerens viser, hvori det hed:

> "Vi vil os fryde, imens det er sommer,
> bladene falder så hastelig af træ,
> og det skal være, før alderdommen kommer,
> og førend at gigten den går i vore knæ.
> Pigerne smiler, når verden er sur,
> vin er den bedste af alle slags kur.

Mangen bær' navn, som de aldrig fortjener,
mangen er stolt, for han ejer lidt guld.
Jeg tør knapt sige rent ud, hvad jeg mener:
verden den er jo af tiggere fuld!
En tigger nøgler, en anden tigger bånd,
flere tigger stjerner af den kongelige hånd."

Svenskeren akkompagnerede ved at trommelomme på bordet, og Fåre-Frederik blæste tuba med læberne …

Men hjemme sad Sørens hustru med angsten dirrende i alle nerver. Selv, når han var hende nær med venlige ord og bønfaldende blikke, så var angsten over hende alligevel.

Hendes mange bekymringer blev nu borte i sorgens mulm, som en skare mørke fugle forsvinder mod en voksende, kulsort sky. Op ad mulmet steg alle hendes tanker, og tilbage i dette mulm sank de igen.

I begyndelsen var ulykken kommet over hende som en flænsende kniv i hjertet. Senere var det, som sten efter sten brødes ned af det hjemmets værn, der omgav dem, indtil de på de sammenfaldne rester i al deres nøgenhed ville blive til et bytte for ynksomme og medlidende øjne. Det var, som hun hele tiden kunne høre lyden af den grunds hensmuldren, hvorpå hun havde bygget sin lykke.

Og som angsten steg, vidste hun hverken vej eller sti, og intet sted var der trygt at træde, men rundt om var alt som en hængende gunge.

Og tiden randt kun dråbevis.

Når hun sad ene i hytten, havde hun kastet sig på knæ og råbt til himlens Gud om hjælp. Dog, hendes kvide voksede med dagenes tal, og livet blev mere og mere vildsomt for hende.

Men hun blev ikke træt af bønnen, som hun bad gennem dage og uger; alle hendes tanker, hele hendes væsen samledes til et bønnens suk og til anråbelse.

Og da var det, hun efterhånden mærkede en sindshvile, hun aldrig før havde kendt. Da var det, hun lidt efter lidt vandt et fodfæste, der mangefold øgede hendes bæreevne.

Så var vejen blevet til at vandre. Men sorgen fulgte hende dog dagen igennem, om natten sad den ved hendes seng, og den stirrede på hende, når hun vågnede.

## Kapitel 10

En morgen vågnede Søren, efter at han om aftenen var kommet sent hjem fra smugkroen. Der var fejet og rent i stuen, men tyst og tomt, det regelmæssige tik-tak af det gamle stueur var den eneste lyd. Han vågnede ikke til hjemmets liv med børnenes glade pludren, thi der var ingen mennesker derinde. For ham var det en stilhed, der satte ham ene. Den betød nemlig, at han fjernede dem, der stod hans hjerte nærmest, mere og mere fra sig, så der blev et bredere og bredere bælte at tomhed og dødstilhed mellem ham og dem.

Han rødmede, som han lå og tænkte efter. Han vendte sig mod væggen, og angerstårer trillede ned ad hans kinder ... Nu skulle det have en ende! – Og dog, hvor ofte havde han ikke tænkt det samme, og hvor ofte var ikke det gode forsæt henvejret! ... Men nu! ...

Således brødes tankerne, mens urets ensformige tik! – tak! mindede ham om tiden, der ligegyldig og ufølsom for kampen i menneskets bryst går sin evige gang, hvad enten livet eller døden sejrer.

Han sprang rask op og klædte sig på.

Der blev ikke talt mange ord i dagens løb. Endda han gik så ydmygt og bøjede af og gjorde sig lille, blev der tavst omkring ham, og når der taltes, selv om de mest dagligdags ting, havde ordene en sørgmodig klang som i et hus, hvor et menneske ligger for døden.

Dagen efter gik ligesådan. Da syntes Søren, at det gik for vidt. Han trak brynene sammen, og han trådte fastere i gulvet.

Ude i loen traf han faderen, der havde gået og mimret med munden, som havde han noget på sinde. Der vat noget, han ville sige. Endelig kom det.

"Hum! Du er vel ikke bleven i lyst for drik?"

Søren blæste lidt af det.

Faderen så på ham med et blik som et forknyt barns, og mens tårer fyldte de rødrandede øjne, sagde han med bævende røst; "Det er meget farligt at blive i lyst for det, min søn!"

"Åh!" Søren trak på skuldrene og gik.

"Ak, ja! Det er ikke så godt!" sukkede den gamle.

Men Søren sagde til sin hustru: "En skulle næsten tro, her var lig i huset! Hvad er der i vejen?"

Med stor alvor, men roligt udtryk, svarede hun: "Det ved du vel ligeså godt som a. Og a gruer for fremtiden.- Ja, det gør a, Søren!"

"Fremtiden! – Den har a vist tænkt lige så meget på som du!"

"Vil du leve den i selskab med dem, du kommer sammen med hos Bolle-Mette?"

"Det er - så bandede han – da heller ikke noget at gøre så meget væsen af!" svarede Søren og så bister ud.

"Det er ikke ad den vej, du bliver til den mand, du har tænkt!"

"Hvad skal a blive til, - hum!"

"Du har engang tænkt anderledes … Søren! Ved du, at a har været stolt af dig. Når a hørte på dig og så dig gå i lag med sagerne, så har a syntes, at du var den raskeste mand, der var til! – A har kanske aldrig sagt dig det før!"

Ved disse ord kom et blink i Sørens brune øjne. Han så hen for sig og sagde ligesom i tanker: "Vi er for fattige! Vi reder os aldrig ud af det!"

"Tror du, a er ræd for at blive en fattig kone, så tror du fejl!"

Han så opmærksom på hende. "En arm og ussel stymper, der kommer på sognet, måske på fattiggården! En foragtet stakkel, en hånet skabning uden ret og magt! Er du ikke ræd for det?"

"Nej, det gør mig ikke ulykkelig, det forstår a nu, når vi kan dele med hverandre. Men, hvis du vil gå til den side, hvor Bolle-Mette er, så vil a græmme mig!"

Han for op: "Har du haft nogen grund til at skamme dig over mig endnu!" råbte han med lynende øjne og trådte truende hen til hende.

Ane så vist på ham: "Du skrækker mig ikke, Søren! – Der er ingen ting i verden, der kan skrække mig!" sagde hun med løftet hoved, "uden én ting. Om du skulle blive en … et menneske, som – som a ikke kunne agte; det er det eneste, a bærer rædsel for!"

Som et lyn var Søren ude af døren.

--- Den gamle Brander gik stille med dørene i sønnens hus. Og det var tunge tanker, han bar på. Han så tilbage over sit liv og fandt let det mørke punkt. Og så spurgte han sig selv, om slige lyster også kunne arves? Om den ulykke, der nu truede sønnens hjem, også måtte komme som en forbandelse over hans hvide hår?

Da samlede han de sidste rester af sindets styrke og håndens kraft for at hjælpe til at holde ødelæggelsen borte. Håndsnild, som han var, havde han ikke tjent så lidt ved at flette småkurve af klitvæksternes rødder, som han afbarkede og tørrede. I den senere tid havde han også bundet store tørvekurve af enebærris. Nu sad han og jagede med dette arbejde fra tidlig morgen til ud på vinternatten. Kulde, alderdomssvaghed og gammel synd rystede det skrøbelige legeme, men det var, som om noget af farten fra hans ungdomstid på ny blussede i hans blod, og som om han nu skulle oprette et helt livs forsømmelse.

Da der ikke var længe imellem, at han kunne give de unge nogle kroner, blev Søren opmærksom på denne husflid. Her var måske en redningsplanke, tænkte han. Risene lod jo Gud gro gratis op af jorden, og når de nu alle, både Ane, han og børnene hjalp til, så måtte der vel egentlig kunne tjenes dygtigt.

Snart var den lille stue forvandlet til et helt værksted. Over det sorte lergulv lå strøet visne og grønne snitlevninger mellem hinanden, og enebærrisenes småbunker fyldte det snævre rum med deres ejendommeligt ramme og syrlige duft.

Medens de andre klitboere døsede på bænken i denne vintertid, kunne Søren Brander køre det ene læs kurve til købmanden efter det andet … Det viste sig at være en ikke ubetydelig indtægtskilde, som sprang, just som pengenøden var størst.

Glæden spillede i den gamles øjne herover. Men det kom snart på det sidste med ham. Den sidste tids anstrengelser havde taget hårdt på ham, så han blev mere og mere affældig, og da vårens første tegn var i luften, døde han.

Da han lå på sit yderste, havde han haget sine knokkelfingre i sønnens hånd og sagt: "Lov mig! Lov mig, at …"

"A skal nok!" Søren trykkede hans hånd.

"Ja for" – han trak vejret dybt – "a er ræd, det kan slægte!"

Så havde han vinket sønnekonen hen til sig og givet hende den anden hånd. Dermed var livets lys slukket i hans øje.

Men disse ord om, at det kunne slægte, udåndet af en døende, der vel tog det sidste overblik over sit livs regnskab, hvisket af en ånd, der ligesom holdt sig svævende over det mærkelige livets grænseskel, og som måske derfor så og hørte, hvad andre ikke så og hørte, disse ord vakte mange tanker i Sørens sind om livets alvor og dets sammenhæng med andres, den slægt, der går forud, og den, der kommer efter.

Sjældnere og sjældnere kom han nu i smugkroen, især siden den store samtale med Ane. Under denne ordveksling havde han skønnet, at han ikke kendte hende til bunds, thi da hun hin dag sagde, at intet i verden kunne skrække hende, da syntes han, hun groede i vejret for hans øjne og blev større, end han havde troet, hun var. Det blik, hvormed hun da så på ham, var ligesom lyset fra et indre liv, han hidtil ikke rigtig havde kendt, skønt de havde levet så længe sammen ...

End nu ham selv? – Ja, hvor ofte havde han ikke mærket nye lag af ondt og godt bryde frem af sindets dybe grund, ligesom der hver stund viser sig nye lag, når man kulegraver jorden ... Måske det kunne blive ved nedefter. Og kanske der slet ingen bund var i et menneskes sjæl ...

Der var én ting, Ane bar rædsel for, men hun skulle ikke ængste sig, det skulle der nok blive sat en bom for. Han ville også nok vise, at han ikke var bare melgrød.

Og så gik han og rullede sin spændkraft sammen som en fjeder.

## Kapitel 11

Lendum Nørgaard var en nyopført bondegård. De fire sammenbyggede længer, hvis mange vinduer og døre var fuldstændig symmetrisk ordnede, omsluttede en rummelig gårdsplads, der var så ren og bar med sin fejede brolægning, at en fugl næppe kunne bjærge et halmstrå til sin rede.

Fra denne sin residens sendte den mægtige jorddrot bud til Søren, om han uopholdelig ville give møde til et påtrængende arbejde.

Der gik imidlertid flere dage – han skulle nemlig have det sidste læs kurve for vinteren færdig – inden husmanden indfandt sig i den oliemalede dagligstue, hvor Jens Nørgaard sad og stavede sig gennem Stiftsavisen til langsomme drag af sin merskumspibe.

"Du har nok travlt nu om tider!" begyndte Jens Nørgaard spydigt og lod avisen synke.

"Ja," svarede Søren bestemt.

"Er det med at plante træer? De narrestreger skulle du holde dig fra. Du går mins'æl på sognet ved det. Det siger folk også."

"Nå, gør de det!"

"Ja, - og så vil a helles bede om, te du møder, når En sender dig bud."

"Nå, vil du det, Jens Nørgaard!" Søren trak brynene sammen.

"Ja, fanneme vil a!"

"Vi skal vel være to om det!"

"Vil du trads' mig!" for Jens op. "Du husker vel, hvis penge der står i huset! A skal helles nok ta' det stejle af dig, farlille!"

"Ta' det stejle af mig!" udbrød Søren ildrød. "Nej det skal du" – så bandede han – "ikke være mand for, bette Jens!"

Nu blev Jens Nørgaard lynende vred, rejste sig for bordenden i hele sin velnærede bredde og råbte: "Så kan du betale mig mine penge, din fattige pjalt!"

"Tror du, a vil bøje mig, fordi du er født med et brød under hver arm og et stykke flæsk i flaben!"

"Mine penge!" skreg Jens Nørgaard.

"Dine penge! Dem skal du nok få, din kalkun," sluttede Søren og forlod stuen.

"Nej, du kan klø dig, bette Jens!" sagde Søren halvhøjt til sig selv, da han gik ud af porten, og spyttede i en bue. Men inden han nåede Klitten, blev han klar over, hvor vanskelig hans stilling i virkeligheden var. Vel kunne han nok få et kreditforeningslån, men så det manglende? …

"Skulle a vel bøje mig, Ane?"

"Det havde vel egentlig nok været det klogeste, men – æ …"

"Det allergaleste, der kan ske, er da, at han tager huset!"

"Det gør han såmænd ikke."

"Nej, hvis a blot vil bede om godt vejr, - for han er alligevel så godsindet, den pjalt! – Men a vil søren-jensemig ikke være hans slave! Nu får a vel ud at vande dyrene."

Da døren lukkede sig efter ham, kom en kvinde forbi vinduet. Ane syntes grangivelig, det var Bolle-Mette, og i det samme stod hun i stuen.

"Er Søren hjemme?" spurgte hun og snuede luften ind gennem sin kødfulde opstoppernæse.

"Ja!" svarede Ane lavt, mens øjnene gnistrede af vrede. "Hvad vil du ham, din lede kvind?"

"Åh, det kunne endda være, vi kunne have et og andet at snakke med hinanden om!" svarede den tykke, fedtede kælling og grinede.

"Søren er i stalden, om du vil tale med ham. A ser hellere din hæl end din tå!"

Så sank Ane ned på bænken, mens kuldegysninger og varmestrømninger vekslende jog gennem hendes krop.

Noget efter hørte hun Søren tale højt, og gennem ruden så hun Mette stryge af sted. Søren råbte: "Aldrig mere skal a sætte min fod i din helvedes hule, og nu kan du prøve på en eneste gang til at komme over mit dørtræ!"

Ane drog et lettelsens suk. Men hvad ville dog denne kvinde Søren? – Hvad havde de sammen? – Åh Gud! Der stormede så meget ind på hende denne dag … Hvad mon hun ville? …

Det varede noget, inden Søren lempelig åbnede døren til stuen, hvor Ane endnu sad dødbleg på bænken.

"Hvad ville hun?" kom det hviskende.

"A skylder hende otte kroner, som a har sviret op. Men det skal også blive de sidste!" sagde han fast, men stille.

Da han hævede blikket, mødte han hendes øjne som to klare kilder, hvor den uforfalskede kærlighed lå på bunden som ægte perler.

Og han gik hende nær og sagde med skælvende røst: "Dig vil a bøje mig for!"

Hun kastede sig ind til ham.


# Kapitel 12

Nu var det store spørgsmål, hvor pengene skulle komme fra.

Hvis han vendte tilbage til Jens Nørgaard, havde han følelsen af at gå under åget som et trældyr, denne tanke pinte ham. Vel skulle han aldrig ømme sig ved at lægge sig i selen, når han selv måtte afgøre, hvor tømmen skulle hvile, men at hoppe efter Nørgaard-mandens piskeknald fandt han uudholdeligt.

Så klædte Søren Brander sig på og begyndte tiggergangen om lånet.

"De penge kan Jens Nørgaard jo sagtens lade stå i huset!" svarede den første, han henvendte sig til.

"Jo, men ..."

"Og det er også noget, han aldrig nægter!"

"Ne-j, såmænd, men ..."

"Desuden er det jo også det eneste naturlige, da han har solgt dig jorden!"

"Jo, men ..."

"Hvad?"

”Vi er blevet en smule uens, Jens og mig!”

”Ha! ha! – Ja, når du har råd til det, så er du ikke så meget at ynke. – Hvad er der i vejen?”

Søren fortalte det.

”Ja – he! Sådan en krumm’ må du sgu finde dig i. Når du er stillet, som du er, så går det heller ikke an at være så stivhalset!”

”Om også En skylder en mand nogle skillinger, så skulle En endda alligevel have lov at bære sit hoved, som En selv synes. Det har a da i alt fald mest lyst til!”

”Du er ikke grov gammel, Søren! – Nej, gå du bare hen til Jens Nørgaard, så slipper du allernemmest ud af den klemhærke!”

Men Søren stilede sine fødder mod den næste mand, hos hvem der kunne være håb.

Hele dagen gik han sin fattigmandsgang fra gård til gård. Og uagtet han, hver gang han stod med hånden på dørklinken, ønskede sig langt, langt bort, så faldt det ham dog ikke ind at opgive ævred, thi han dreves frem af sit unge, higende blod.

Sidst på dagen traf han Møller-Jens i huggehuset, hvor han sad med messingbrillerne dinglende på den yderste næsetip og snittede.

Mølleren forandrede hverken mine eller stilling, men vedblev at bruge tollekniven, indtil Søren havde fremført sit ærinde med så varme og veltalende ord, som hans pinlige stilling tilskyndede ham til.

Da løftede Møller-Jens et par kolde tinøjne over brillerne og sagde med en gravrøst: ”A har fattige folk nok i min egen slægt!”

Dermed tillukkedes hans tynde læber for enhver yderligere ytring. Kun de kolde tinøjne hæftedes på Søren og ligesom skød ham baglæns ud af huggehuset.

Tre dage i træk gennemgik Søren Brander den smerte, som det er at gå fra menneske til menneske og få "nej" alle vegne, tiggergangens lidelse.

Tung i sindet, træt og ør, vendte han tilbage til sit hedehus. Langsomt flyttede han sin fod.

Men da han kom ud på den åbne slette og mærkede søluftens friske sus om sit unge hoved, bortvejredes de triste tanker. Fugleskaren sang jo til arbejde og virksomhed, for hans øje bredte sig de udyrkede flader, der ventede på hans arms kraft, og op mellem vinterens visne blade tittede forårets grønne spirer. Han kunne ikke sørge, thi i hans sjæl følte han vårens spirende og skydende liv.

Og dog, - hvor pengene skulle komme fra, det var endnu det store spørgsmål, som han alligevel ikke kunne blive kvit …

Et par dage efter, da Jens Bjerg sad hos Søren, og de taltes ved om en akkord på tørvegravning, de havde sluttet med et teglværk, fortalte Søren, at Niels Pind havde lovet ham de manglende penge. "Og a kunne jo aldrig have tænkt det, - sådan en skindskaver! Kan du forstå det?"

"Jo, Niels Pind er af den slags folk, der vrider den yderste drip af enhver stakkel, han har med at gøre; men på den anden side, gør han folk en tjeneste, så gør han det sådan, at de aldrig glemmer det!"

"Ja, ja!" sagde Søren med strålende øjne, "nu er vi da ovre det for den gang … Nu skulle der helst lidt fut på'en!"

"Ja, vi kan tage fat i morgen for min skyld. – Og når Ane vil med, så kan jo de mindste børn komme over til vores!"

Tidlig næste morgen drog den lille skare ud, væbnet med skarpslebne redskaber. Hver af mændene kørte en trillebør, Ane bar en kurv med pandekager og mellemmadder, og et par smådrenge, der næppe havde fået søvnen af øjnene, trippede ved siden, mens lærkerne, hvor toget skred frem, svang sig syngende fra tuer og risbuske.

Det flade, lynggroede klitland gik jævnt over i den vidtstrakte mose mod nordøst, hvor udsynet lukkedes langt borte i himmelbrynet af tørveskruernes utallige, sorte småkegler, bag hvilke de rødmende skyer lyste af løfter og forjættelser.

Som solen steg højere og højere, kastede mændene halsklæde og vest, og spaden skar sig igennem den glatte, fedtede mosejord, mens børnene læssede på og læssede af de tørv, som Ane trillede fra graven til udlægningspladsen.

Og som lag på lag bænkedes op, og Søren mærkede kræfterne strømme gennem sin unge krop, nikkede han og sagde som for sig selv: "Det stejle, Jens Nørgaard! – Nej, det skal du ikke være mand for at ta' af Søren Brander!"


## Kapitel 13

Vinteren er grådig. Den sluger ikke alene sommerens blomstrende liv, men fortærer også fattigfolks sommerfortjeneste. Derfor må de, der skal opholdes ved de blotte hænder alene, hvert forår begynde på det samme punkt, indtil den nedgang indtræder, som gør mange letsindige og ligeglade.

For dem, der bor på de fede jorder, hvis velbyggede gårde dølger sig bag en vold af høje hæs og stakke, og hvis fede kvæg drøvtygger i halmfyldte båse, kan vinteren være en behagelig afveksling. De kan sidde lunt i arnekrogen og ryge af den sølvbeslåede pibe, de har arvet efter deres bedstefar, og til natten synke dybt i dyner, der er virkede på deres mors væv.

Men for nybyggerfolkene ude på klittens og hedens sand er vinteren en uvelkommen gæst. De har ikke den overleverede soliditet, de fulde sulekar og den grundmurede kredit at støtte sig til. Og så standser vinteren den virksomhed, som skulle bære dem frem til målet, jager mændene i hus og binder dem til et stilleliv inden døre.

Søren Brander kom imidlertid lettere over vinteren end de andre beboere, thi ideen med kurvefletning, som faderen kort før sin død havde givet ham, havde han udviklet til en husflid, der fyldte vintertidens stilleliv med syssel, som gav sølv i pungen.

Når de dage kom, da frosten hindrede alt udearbejde, og sneen dækkede jorden, stod Søren op, længe før det blev lyst, og tærskede i loen ved lygteskinnet. I dagningen begav han sig op i lyngbakkerne, hvor enebærrens fine grønt stak op gennem den hvide sne. Han ruskede grenene, så sneen dryssede, han forfulgte de vredne forgreninger, skar med sin tollekniv eller rykkede, så hans hænder var opkradsede, busk efter busk, som han samlede i småbunker, og som studene så trak hjem på slæden.

Fra den dag kurvebindingen tog sin begyndelse, og indtil foråret kom, duftede hele huset af enebær. I al denne enebærduft var der minder om den gamle Brander, og både Søren og Ane tænkte, at det alligevel var en god stund, da de tog ham i huset …

Nej, men sommeren! Så behøver fattigfolk intet ildebrændsel og børnene intet tøj, og den, der ikke har hus, finder let et skjul. Sommeren er glad og god! Sommeren er børnenes og de fattiges! Og sommeren er tiden til de lange arbejdets tag!

Om sommeren lukkede solen kun sit øje til et let blund i de lyse nætter, og klitboen var ligeså årvågen som solen. Når de store sandarealer skulle overfares og gennemarbejdes, så måtte han strække muskler og lægge sig frem i selen den lange dag igennem. Han levede også som under åben himmel, og hans hus var ham kun et skjul til at sove og spise i.

Ud over det nøgne, flade land, hvor de hvidkalkede mure glitrede i den sollyse dag, var der ikke et skyggende træ uden alene ved Søren Branders hytte.

Langs markskellene ragede frem over omgivelserne flere rækker træer, af hvilke dog mange var mossede eller visne. Men de stod her som tegnet på en sej vilje, der ville frem. Det var de første rækker, der rykkede i marken for at erobre den golde jord.

I nærheden af huset lå en gruppe af lave banker, flyvesand, som vestenvinden havde ophobet for mange Herrens tider siden. Derefter var sandhobene blevet overgroede af et fast plantedække, i hvilket stormen den senere tid mange steder havde boret hulninger, hvor sandet i blæst hvirvledes rundt som i en kogende kedel og fløj ud over randen.

Hist og her på disse banker havde Søren forsøgsvis plantet nåletræer. Det var blænkerne, der var ude at prøve sig frem. Et påbegyndt dige antydede, at her skulle et større stykke land indtages.

Op over havens høje jordvold stræbte pilenes spidser til vejrs, og indenfor var der bede af timian og merian.

Noget borte fra huset stod Ane med opkiltet skørt og bearbejdede jorden med en hakke, og længere ude forbi korn- og kartoffelagrene, ude mod den brune hede, brød Søren ny jord med studene.

Som solen skred frem på sin bane, og vandet løb til stranden, gjorde dette menneskepar sig jorden underdanig, så sveden randt ad den solbrændte hud. De tunge tag rundede ryggen og krøgede de ranke skikkelser, det stadige slid stivnede de bøjelige lemmer og gjorde Sørens hænder hårde som hornklove. Livet var her med sin modstand, jorden med sin trods, men de havde viljens sejhed, sindets ro og håndens styrke at sætte ind i kampen.

Ingen lyd fra anden menneskelig virksomhed nåede deres ører, ingen andre stemmer end naturens lød omkring dem, selv kunne de ikke engang råbe til hinanden, og ude i denne stilhed førte de hver på sit punkt trofast og vedholdende dagens standende strid med redskaber så blanke som nogen ridders glavind.

Og disse folk herude på kulturens overdrev vandt sejr over den rå klit, der lod sig fravriste stykke efter stykke, som lagdes til deres område og – fædrelandets.

Når så freden kom, sommeraftenens fred, så lod de våbnene hvile og gik en tur langs læbæltets hæk. Udenfor løb harer og agerhøns, thi dyrene følte sig trygge i denne fredelige egn. Indenfor groede møjens frugter op af sandet.

Som de gik her, tog de hinandens hænder, og deres hjerter glædedes, og som aftenduggen faldt, syntes de, at himlens velsignelse dryppede ned over deres hænders gerning.

Men når mørket faldt på, gik de ind og sov den flittiges og nøjsommes rolige søvn.


## Kapitel 14

Hvert forår foregår der en lille udvandring af drenge fra klitternes land til fremmede sogne. Når de kan løfte en kølle og rinke et tøjr, tager de for første gang i deres liv afsked fra fædrehuset. Og når vinterrugen er sået og kreaturerne bundet på stald, vender de små udvandrere atter tilbage med sommerens udbytte i klingende mønt.

Dette er lige så sikkert som fuglenes træk.

Søren Brander havde nu to sådanne småfyre, hvis hjemkomst var en fest i den lave hytte. De tindrende øjne gjorde det lyst i stuen, nu hvor familien atter sad samlet om den hjemlige arne.

Så kom skoledagene. Længe før dag var Ane oppe at få davren til at syde i ovnen, og der var også tøj, som skulle tørres, hoser, som skulle stoppes, og så var der madtaskerne, som skulle udstyres. Børnene måtte jo bryde op i den årle morgenstund, om de i rette tid skulle nå skolen, der lå langvejs borte. De vendte ikke tilbage, før man tændte lys, og derfor var forældrene ofte urolige, når vejret var ondt.

En eftermiddag tætnede luften til med sne og fygevejr af nordost. Søren trak et par hoser over sine bukser, bandt et lommetørklæde om ørerne og gav sig på vej ad skolestien.

I mørkningen stod himmel og jord i én tåge, og intet levende væsen var at se. Han påskyndte sin gang, spejdede til alle sider og bøjede sig jævnlig til jorden for bedre at skimte enhver fremtoning. Forgæves. Han råbte drengenes navne gang efter gang og ventede med tilbageholdt åndedræt på svar. Men ingen anden lyd var at høre end vindens sukkende susen og snefnuggenes lette dans.

Da jog rædslen som ild gennem hans nerver, angstens sved perlede på hans pande, som han fortsatte sit løb og råbte ud i vejret.

Men han kendte enhver lille tue på dette strøg, og han ville ikke helme, før alt var afsøgt, om det så skulle tage hele den lange vinternat.

Omsider fandt han dem i læ af de sammensunkne rester af en fårefold. Men i denne aften havde han tænkt mere over børnenes krav og ret end alle de foregående år tilsammen.

Siden lå sneen højt hele vinteren, eller den var et sjappende ælte, og der var ikke til at komme frem for korte ben. Ingen skik var der på børnenes undervisning, og Søren Brander sad og faldt i tanker ved kurvebindingen.

En aften, børnene var gået til ro, sagde han: ”A tænker på vore børn, Ane! De gror jo op som markens dyr uden lod og del i menneskelig oplysning!”

"Tiden, der kommer, vil vist nægte dem lod og del i
mere end det!"

"Just derfor mener a, at vi ikke godt kan lade dem sidde
og drive på bænkene."

"Hvad skulle vi så gøre?"

"Ja, a véd ikke, om a kan granske det ud!"

"Om vinteren kan de jo ikke gå i skole, og om sommeren
må de jo ud at tjene!"

"Hja!" indrømmede Søren og tog et nyt ris. "Men de kan
da egentlig ikke gøre ved, at de er født fattige, Ane!"

"Det kan vi da heller ikke!"

"Hm! Nej! – Når vi endda havde noget at byde dem her-
hjemme!"

"Det er ikke så godt at være fattigfolk, hverken på den
ene måde eller den anden, Søren!"

"Nej, men a mener, at hvis vi rigtig ville --- når vi sådan
… a mener alligevel, der skulle gøres noget!"

"Hvordan skulle det gå til?"

"Ja, min pige, det er det, a ikke rigtig ved!" sluttede han
og gik frem og tilbage over gulvet, medens hun efterså og
ordnede børnenes tøj, der lå i bunker på bord og bænk.


## Kapitel 15

En aften i mørkningen skred flere mænd langsomt hen
over klitten. Man skelnede kun skikkelserne i tusmørket.
Fra flere sider kom de, og ved Søren Branders hus løb
sporene sammen.

Søren havde nemlig indvarslet til grandestævne, som det
var sædvane, når der forelå et spørgsmål, der vedrørte
almenvellet.

De sindige mænd tog plads, hvor de bedst kunne, i den
lille stue, der snart var fyldt med dårlig luft og tobaksrøg,

hvilket dog ikke lod til at trykke forsamlingen, hvis vejrbidte, skæggede ansigter lyste af stilfærdigt lune, mens der skiftedes skæmtsomme ord.

Så rømmede Søren sig og sagde: "A har tænkt, om vi ikke kunne få sognerådet til at bygge en skole her i Klitten. Her er jo ikke så få børn nu, og der er jo grumme langt op til byen!"

Der var ingen, der svarede noget på det. De sugede på piberne, løftede langsomt øjenlågene og skottede til hverandre.

"En skole!" var der endelig en, der sagde, og så blev der igen tavshed.

Noget efter spurgte en anden sin sidemand: "Har du noget røgtobak ved dig, Per Kristjan?"

"Ja, - a ved ikke, hvad I siger til det!" gentog Søren.

Ikke et ord til svar. Der var så stille, at hver gang nogen spyttede, hørte man det plaske mod lergulvet.

"Er der ingen af jer, der har hørt, om Fåre-Fredrik har bekendt?" spurgte så en.

Nej, det var der ikke. I anledning af dette spørgsmål vågnede så snakken igen i gisninger og bemærkninger, indtil Søren spurgte Murer-Jens om, hvad han mente om skolespørgsmålet.

Den tiltalte løftede de buskede bryn og sagde tværs over bordet: "Hvad siger du, Peter Vibe?"

"Åh, det er vel aldrig værd, vi indlader os med ministeriet og højere vedkommende om den slags ting!" svarede denne.

"Ja, du må jo vide det!" sagde mureren og blinkede, "du har jo tjent prokuratoren."

Flere smågrinte.

For at komme nærmere til sagen bemærkede Søren, at han mente, man lige så godt kunne få en skole her som så mange andre steder.

”Hvem skulle betale den?” spurgte Niels Pind og krummede hånden om portemoniksen nede i bukselommen.

”Sognerådet naturligvis, ligesom helles!”

”Det går sognerådet sandten aldrig ind på i sine dage!” udbrød Peter Vibe, ”a kender dem nok, de bette ka’le!”

”Skulle vi ikke lade det blive ved det gamle; der kommer meget bryderi ud af det?” bemærkede Niels Pind og flyttede sin lodne kabuds.

Store-Ais fra ”Den brede Sande”, der stod og borede med hovedet mod loftsfjælene, sagde så: ”A synes, når det har gået all’ daw’, så kan det vel også blive ved. Vore børn skal da hverken være præster eller degne!”

Søren Branner med varme: ”Det er heller ikke meningen, men a har tænkt som så: Nu går den ene dag efter den anden, og dine drenge gror til, og det kan ikke vare så længe, inden de skal til at hyre dem selv. Og når den tid kommer, da de skal til at rydde til side, om der kan blive en bette bås til dem et sted, så er det ikke så godt for sådanne fattige knejt’. Men hvis de, foruden at være fattige, tillige med er dumme og uoplyste, så bliver det så meget strengere for dem … Og vi er jo da forældre til dem og har ligesom en slaws ansvar, tykkes mig!”

”Jo, såmænd!” sagde en.

”Tho det kan jo være sandt nok!” føjede en anden til.

Pause.

Niels Pind lettede kabudsen ved den ene side, hvor han listede et par fingre ind og kløede sig: ”A tror nu, de klarer dem lige godt, enten de kan læse eller skrive. Det er ikke det, som det kommer an på. Og skatterne stiger!”

Søren ivrig: ”Nå, du tror, det er lige godt! Hvorfor sidder Niels Piesens Martin nu i Enggården, må a spørge?” – Fordi han havde hoved og forstand og kunne regne ud med kubikindhold, og hvad dertil hører. Det var mins’æl ved hans vejarbejde, han tjente sine midler. Og der er mange sådanne eksempler. – Når de hverken kan det ene eller andet af lærdomsvæsen, så kan de jo være gode nok til at svinge en plejl og rykke i et skovlskaft, men de bliver sikkert og sandt nogle drysse-mikkeler, der dumper i det første det bedste hul, så det er et helt slumpetræf, hvor de bliver af! Det er min mening," sluttede Søren og lod sine brune øjne løbe rundt i forsamlingen.

Fuldstændig tavshed.

"Hvordan skulle sådan noget egentlig gå til?" var der en, der spurgte.

"Der skulle naturligvis nogle til at stå for det!" svarede Søren.

"Kunne vi ikke gerne lade ham forsøge det?" sagde Murer-jens.

"Så kunne jens Bjerg følge med; han har de manne børn!" tilføjede en og strøg en tændstik.

"Det bliver vel det sløveste!" afsluttede Jens Bak og gabte.

Således kom Søren Brander og Jens Bjerg i skoleudvalget.

Det varede heller ikke længe, inden sagen førtes frem i sognerådet, der imidlertid forholdt sig fornemt og i hvert fald ikke kunne indlade sig på sagen, før der forelå et skriftligt andragende fra beboerne.

"I svarer temmelig lidt til kommunen derude i Klitten til at stille så store fordringer," havde formanden sagt i en mildt bebrejdende tone, medens han, som optaget af alvorlige ting, bladede i protokollen.

Under rådets fnisen havde Jens Nørgaard bemærket, at Søren måske ville til at være konge i Klitten.

Det blev aften, og det blev midnat, og endnu sad de to udvalgsmedlemmer i den afsides klithytte og grublede. De stirrede på det hvide papir, som lå udfoldet for dem, til de syntes, deres egen hjerne var som et tomt og ubeskrevet ark. Men ud på natten fik de dog efter flere forgæves forsøg stillet på benene de vanskelige ord og bogstaver, der i ordnede rækker og kolonner var bestemte til at bryde den fjendtlige skanse.

Dette møjsommeligt udarbejdede aktstykke blev imidlertid efter længere tids forløb tilbagesendt med den bemærkning, at man intet hensyn kunne tage dertil på grund af mangelfulde oplysninger. Og da endelig disse havde foreligget, afslog dog rådet sagen bestemt.

Men da Søren i et nyt grandestævne aflagde beretning, var der kun én mening om skolesagens videre skæbne i denne forsamling af tavse mænd.

Man mærkede på de energiske blink i øjet, på den stille, men uovervindelige stædighed, der lagde sig til rette om munden, at hermed var skolesagen ikke færdig.

De skønnede nemlig instinktmæssigt, at her var den igen, den modstand, som ville bagbinde dem, og som de kendte fra den daglige strid. Den var som den sorte trold, der alligevel stod i vejen, netop hvor de ville frem.

Og just fordi de i oprindelig styrke ejede driften til uvilkårligt at stemme ryggen imod, blev det en selvfølge, at skolesagen skulle føres til det yderste.

Nu, de havde fået taget, var der ingen, der nogensinde agtede at slippe det, lige så lidt som det kunne falde nogen af dem ind at løbe fra den plov eller spade, hvormed de ørkede klittens jord.

Så snart det derfor blev nævnt at gå lige til provsten med sagen, var det noget, der vandt alles bifald.

# Kapitel 16

Provstegården lå fire mil inde i landet, hvorfor jens Bjerg på den fastsatte dag i god tid stillede hos Søren Brander, iført sit stiveste stads: tykt påsmurte fedtlæderstøvler, hvis overlæder var fuldt af brag og revner, grå benklæder og en vadmelsfrakke, hvis store sidelommer, kantede med grønligt falmede bånd, gabede som to halvåbne håndkufferter.

Ane formanede Søren til at fare lempelig i de tynde klædesbukser; det var noget skørt stads, nu det var gammelt, og så knyttede hun hans halstørklæde.

"Husk nu, at køerne skal stå på den vestre ende af den nordre ager!" sagde Søren og lindede en sele.

De to udvalgsmedlemmer slog straks ind i en hurtig gang og nåede efter et par timers forløb Ravnstrup Kro, der lå så indbydende ved den støvede landevej og lokkede med sit ovale, røde, kongelige skilt i trekanten over indgangsdøren.

"To drammer og en halv øl!" forlangte Søren og satte sin kæp hen i hjørnet af skænkestuen. Derefter bænkede de sig ved vinduet og fremtog de i blåternede lommetørklæder indpakkede mellemmadder.

Da den omfangsrige kromadamme var gået ud, sagde Jens: "Tror du, en kugle kunne gå gennem den fedtklump, Søren?"

"Det er jo ikke så godt at vide," svarede Søren eftertænksomt, "men a tvivler pinnede!"

"Ja, den måtte ap-se-lut gå fast i flæsket, mener a!"

"Uden at det skulle være af de hurtigskydendes ..."

"Ha! ha! ha!"

"Efter en kort hvile her fortsattes rejsen. Bakkerne blev mindre og mindre storartede, som de kom længere syd på, strækningerne mere og mere dyrkede, boligerne hyppigere, gravhøjene stod ikke længere på de lyngklædte åse som sorte silhuetter mod skyen; de dukkede sig græsgrønne midt i bølgende korn, og inde mellem landsbyernes stadselige gårde lå overmættet kvæg i markens høje kløver og tyggede drøv.

"Dette her er lige godt noget andet end Klitten!" udbrød Søren, idet han stod stille og så ud over egnen.

"Jo, ret nok! Men denne her slags jord er jo næsten ikke til at veje op med penge; den skal En jo så godt som være født til. Og dem, der kører med stude, de kommer da også med; hvad Søren?"

"Jo-o, naturligvis, men ..."

"Åh, Søren!" tog Jens på og satte sig ved grøften. "Du kommer minsandten til at tage ved mine støvler; a kan ikke holde ud at gå med lædertøj nu!"

Jens bandt støvlerne sammen med sit hosebånd og svingede dem over skulderen.

Den sidste del af vejen gik de længe uden at mæle et ord. Endelig ytrede Jens: "Det skal nok være en bøs kanalje!"

"Ja, det siger de! Nu må du da trække dine støvler på, inden vi skal ind til ham!"

Det var lidt vanskeligt at få munden på gang over for den højtstillede mand, der desuden stod lige færdig til at tage ud.

"Hvad ønsker De?"

Søren: "Dersom at provsten havde stunder, så ville vi jo gerne snakke et kun med ham!"

Provsten: "Værsgo at tage plads, men jeg har travlt!"

Jens: "Det har vi for resten også. Vi skulle helst hjem i aften, og det er jo ikke så kort, hr. provst!"

Provsten: "Hvor er De fra?"

Jens: "A tror mestendels, at det skrives for Lendum Klit!"

Søren: "Vi ville jo gerne have en skole ude hos os!"

Provsten: "En skole! – Hja! – Nu om dage tror alle, at de kan få en skole lige uden for døren!" Op og ned ad gulvet.

"Og når man så giver dem en skole, så forsømmer børnene jo ganske gyseligt!"

Søren: "Se vi tænkte, om provsten ikke kunne vide et råd, for der må vel være lov og ret også for det!"

"Et råd! Jeg skal sige Dem to ting, min gode mand! For det første er jeg ikke prokurator, og for det andet er jeg ikke almægtig!" svarede provsten og så lidt utålmodigt på sit ur.

Men de to husmænd, der var øvede i ikke at opgive ævred for den første modstand, sad så rolige på provstens stole, som om de agtede at forblive der for det første.

Søren: "Står der ingen ting i loven om det, så er der da en slags ret og billighed til. For det kan da ikke være meningen, at vore børn skal blive til hedninger, fordi vi bor lidt for os selv!"

Provsten: "Jo, vel står der noget i loven, kære mand!"

Søren: "Ja, vi er jo uoplyste folk, men provsten kan jo nok sige os noget, om han ville være så god!"

Jens: "Ja, vi er uoplyste, men vi har jo ikke noget imod, om vore børn kunne blive lidt klogere, hr. provst!"

Søren: "Og vi mener, at provsten vil holde med os i, at vi kan få vore børn bedre oplærte!"

Jens: "Ja, for se, sognerådet, det ville jo ikke – æ – hoppe på'en!"

Provsten: "Nå, De har været hos sognerådet!"

"Ja, såmænd har vi så!" svarede Jens med munden fuld af tobaksspyt.

Provsten: "Nå! – Sig mig, hvor langt har De vel til skolen?"

Søren: "A tænker cirka hen ved en mils vej!"

Provsten: "En mil! – En mil!"

Søren: "Tænker du ikke, der er li'sådanne til de yderste huse, Jens?"

Jens: "Fra murerens og til de nordre bjerge, der er en stiv halv mil, det véd a, og derfra og til skolen er der en fjerdingvej. Jo, en bette mil, det vil nok passe!"

"En mil!" gentog provsten for sig selv og satte sig i bevægelse.

Jens: "Ja, det er et langt stykke vej, hr. provst, at sende nogen bette børn hen i en himmelbetændt rendfog!"

Provsten: "Hvor mange skolepligtige børn, siger De?"

Søren: "A tænker nok, vi kan sige henved en snes stykker!"

Jens: "Og vi er unge folk, de fleste af os, så der kommer immer an flere børn, hr. provst!"

Provsten: "Hm! Hm!"

Efter at nogle flere spørgsmål var stillede og besvarede, sluttede provsten: "Send mig et andragende med alle de grunde, De kan finde, der taler for Deres sag, så får vi se! … Men De kan jo gerne være tørstige efter den lange march … eller måske et stykke mad?"

"Åh, tak! Det er snart en skam, men så lige en bid brød!" svarede Jens Bjerg og stoppede sine mellemmadder længere ned i frakkelommen.

Provsten gik ud.

Jens halvt hviskende: "Synes du ikke gerne, manden kan gå an, Søren?"

Søren: "Ja, i førstningen véd a ikke rigtig! Men a tror, det er en godsindet mand."

Så lod de øjnene løbe rundt i kontoret for at undersøge, hvorledes det så ud hos en provst.

Jens: "Nej, nu har a sgu aldrig i mine dage set så mange piber! … Hvad mon det er for en tingest, der hænger dér?"

Søren: "Åh, sådan nogen har altid så mange kunstige ting."

Jens: "Hvad mente han med det, at han ikke var prokurator og ikke almægtig, he!"

Søren: "Hys, der er han!"

Jens: "Ja, bare vi var ude igen, så a kunne komme af mine støvler. Det er så møj fan'ens, som de klemmer mine storetæer!"

Om de ønskede snaps?

"Til måde er alting godt, hr. provst!" svarede Jens med munden fuld af mad.

"Nu må De endelig ikke nære sangvinske forhåbninger, for sagen har mange vanskeligheder!" sagde provsten venligt, da de to udvalgsmedlemmer tog afsked.

"Nej, tho det byder sig selv. Sådan noget er jo ikke til at flyw' i lige straks. Der skal jo tid til alting, hr. provst! Og Rom blev ikke bygget på jen daw, som skrevet står!" sluttede Jens Bjerg og rystede hans højærværdigheds hånd.

Således endte provstebesøget.


## Kapitel 17

Så var det, der skete en omvæltning i Sørens forhold til klitboerne.

Visse tider på året ophævedes alt, hvad der kaldtes grænser og skel, og klitarealerne blev som en vid fælled for hver mands kvæg. Når det sidste neg var under tag, slap man dyrene løs og lod dem drive, hvor som helst fra om morgenen man åbnede stalddøren, til om aftenen hver søgte sine.

Dette var en sædvane, ingen var faldet på at bryde eller havde tænkt at sætte sig op imod. Det var en af disse vedtægter, som i tidernes løb, stille og skjult, bygger sig selv op til en hellig og ukrænkelig lov.

Og så kom Søren Branders trærækker og slog en streg over den gamle vedtægt og krævede sig respekteret ved siden af.

Hans hegnede mark skød sig ud i dette friland som en
trodsig bringe; med sine grøfter og diger ville han afskære
fællesskabet med dem og lære Klittens folk lov og orden.

Således forstod de det.

I begyndelsen havde de ikke ænset det synderligt; det
hele var jo i mange år så uanseligt, og den snurrige ide, at
plante træer i det golde sand, ville nok gå af manden, når
han blev ældre. Men da Søren, som årene gik, lagde til
både her og der, så forstod de, at det skulle være alvor, så
skønnede de, at han havde holdt dom over det gamle og
ville sit til trods for dem alle.

Men fra den stund blev han dem som en fremmed, og
hans plantage et oprør imod deres samfund.

På de skævende øjekast, de tavse miner, de vrantne ord
og på hundrede andre småting mærkede Søren, at krigen
nærmede sig, den krig, hvori han skulle være ene mod alle
og alle mod ham.

Og så stod han og stirrede ud over hegnet.

For øjet havde han de grå klitter, der lå i en tåge af si-
vende rusk og fygende sand, og en truende efterårshim-
mel, hvis sorte skymasser, ladet med uvejr, for af sted i
ilende hast, som de ikke ret vidste, hvor de skulle brænde
løs. Ja, - og så var der de spredte hytter rundt om, hvis
døre snart skulle lukkes for ham.

Det havde hørt med til hans rigdom at adsprede sig med
naboer i en lun aftenpassiar, at føle sig tryg ved en hjælp-
som hånd og et deltagende hjerte i nød og modgang, at
være knyttet til disse mennesker ved samlivets og fælles-
skabets bånd. Nu var han ræd for at blive plyndret for
disse værdier. Han var fattig nok endda. Måtte han så ikke
hellere strække våben og holde dørene åbne? ...

Men så de lyse tanker, der så ofte havde faret som et
frisk sus gennem hans sjæl! - De ville finde ham sovende
på post, forekom det ham. Disse tanker, der som skønne
drømme havde gynget hans sind, når åget lå over hans

nakke, der som muntre gæster indfandt sig, når han og Ane var mødige og trætte. Skulle han så lukke døren for dem! ...

Det, han håbede på, så småt ud, men det groede dog for ham, og skulle han vel kaste en grav til det voksende håb! Nej, så fik han nok ikke fred og hvile alligevel ...

Således vejede han det ene mod det andet, mens han stod og stirrede ud over hegnet.

En dag kom Jens Bjerg ind til ham og sagde blandt andet: "Du skulle lige godt lade det fare; folk kan ikke lide det planteri!"

"A mener, a har lov at gøre med mit, hvad a vil!"

"Begribeligvis! Det har du; men – æ! – Folk lider det nu alligevel ikke!"

"Vil du ikke sige mig, hvorfor egentlig?"

"Ja, det er ikke så godt sådan. Du ser jo ikke gerne, at høvederne kommer dig for nær, og folk synes vel ilde om at få den gamle drift forstyrret for de pjalt ris' skyld."

"Dersom I andre ville plante nogle af de samme "pjalt ris", så ville der ske ændringer i Klitten."

Jens rystede på hovedet.

"Men der må vel også være noget andet i vejen?" spurgte Søren.

"Ja, der er jo dit avlsvæsen og – æ – sådan et og andet. Det er, ligesom du vil være meget klogere end vi andre!"

"Vi vil vel alle sammen helst gå efter vort eget hoved. Og hvad har vi det ellers til?"

"He – nej, såmænd!" svarede jens og spyttede. "Men du er jo da også i det hele sådan blevet lidt for dig selv, Søren, hvad?"

Søren svarede ikke.

"Og folk snakker ilde om dig, især siden du nu også har taget fat på plantagen."

"Vil du ikke svare mig oprigtigt, Jens; hvem synes du, der har ret, a eller I andre?"

Jens kløede sig på albuen og vred sig lidt: "Ja, det er det sørgelige af det. A synes så fanden pine mig egentlig, du har ret, det vil sige på en måde. Men alligevel, Søren! Lad det stå og blive til, hvad det kan; du får dog ingen videre fornøjelse af det!"

"Når a har taget fat på noget, så plejer a at gøre mit arbejde færdigt!" svarede Søren med fast betoning.

"Ja, ja, nu kan du jo tænke over det. A syntes i alt fald, a skulle have det sagt," sluttede Jens og rejste sig.

Søren gik en tur ud imellem sine træer, af hvilke hvert havde sin lille historie, som kun han kendte. For hvert fjed, han flyttede sin fod, kom en ny historie, som om han vendte bladene i en bog. Og så gik han og lyttede til mindernes sus i de svajende kviste. Der var træer, der løftede deres små grene som faner i luften, og der var andre, som krøb i skjul og bad for livet.

Da han kom ind, sagde han: "Ja, a ved ikke, Ane …?"

"Du skal ikke opgive noget for min skyld. A tænker vel, a holder ud med dig."

Og så besluttedes den ensommes tunge kamp.


## Kapitel 18

Søren Brander stod som på vagt i et fjendtligt land for at værne det, der tilhørte ham, mod overlast.

Hver dag gennembrødes alligevel hegnene, spidse horn boredes ind i digernes løse sandtørv, der smuldredes og røg som en tåge om brølende dyrehoveder; hver dag så han flidens frugter trampet ned; hver dag den samme evindelige jagen. – Og så var han vis på, at rundt omkring ham sad skadefryden og lo i krogene.

Så rejste til sidst den krænkede ret og den stejle trods sig hos ham, og han besluttede sig til et angreb, han hidtil havde krympet sig ved.

Næste dag optog han de første kreaturer.

Men dette forplantede sig som en rystelse i Klitten og rejste et uvejr af vrede ord og hårde domme.

Nu var det ikke alene dyrenes flokke, der lodes løs imod ham.

Thi ligeså godmodig befolkningen er, ligeså hadsk kan den være mod den, der sætter sig op imod lands lov og gammel hævd. Nu lurede de onde øjne på Søren Branders færd med en vågen opmærksomhed både årle og silde, og når de fandt et fejlgreb, hængtes den skyldige op til spot og spe i den offentlige omtale.

Da Søren sad med de første optagelsespenge i sin hånd, vendte og drejede han dem flere gange. Loven tilkendte ham dem som retmæssig ejendom, derom var ingen tvivl; i striden havde han retten på sin side, derom var heller ingen tvivl; - alligevel brændte disse kroner i hånden.

Han vidste, hvor ubarmhjertige disse mennesker ville blive i deres forfølgelse; det anede ham, hvordan de i årevis ville sejpine deres bytte. Han kendte deres udholdenhed, og endnu engang overvejede han striden.

Dog varede det ikke længe, inden han på ny optog kreaturer, flere end forrige gang. Det gentog sig atter og atter. Hver dag havde han huset fuldt af fremmede dyr, som ejerne ikke ville afhente, og han måtte til sognefogden, inden udløsningen fandt sted. Alle de knuder og kneb, der var til, bragtes til anvendelse. Krigen gik højt i Klitten, og forbitrelsen tætnede til.

Imidlertid, loven og sognefogden krævede ubønhørligt mere og mere mønt. Beløbene gik i vejret. På den måde blev det nødvendigt at passe på dyrene, og så blev der stilstand.

Hver ny optagelse havde virket som et stød. Man studsede over, at han virkelig turde byde dem spidsen alle til hobe og gennemføre det. Og hvert stød virkede atter som et slag på den kile, der adskilte Søren fra det samfund, hvor han hørte hjemme.

Uden at han fik det at vide, blev der holdt møder om skolesagen, og fra nu af udelukkedes han fuldstændig fra alt samkvem med Klittens indvånere. Ved løstløbende og fjendske ord, der ynglede i hvermands mund, mærkedes han som en spedalsk, ingen kunne røre uden at blive urén.

Den meste tid af året lå dog fjendskabet som under aske, men hvert år, når det sidste neg var i hus, blussede det op på ny.

Søren Branders åsyn blev alvorligt og årvågent som hos den, der ser løftede våben til alle sider, og de få ord, han talte, fik noget af hans grundstemnings mørke klang. Han gik dog sikrere og fastere frem for sin ret, som hans vilje daglig hærdedes.

Men stundom faldt tvivlen over ham.

Al hans omhu uagtet ville træerne ingen vegne komme. Havgusen svøbte sin knugende kulde om dem, så de stod og skudrede sig i det kolde, fugtige sand. Tørken pinte saften af dem, og skarpe vinde og nattefrost sved bladene sorte i løvspringstiden.

Og alle disse fjender af plantevæksten hærgede også den smule korn og græs, som skulle være til livsophold. At han gad øge disse agre, hvis sparsomme strå år efter år udråbte hans afmagt! – Og alle hans forbedringer og hundekunster! … Nej, havde han blot en plet af den fede jord inde i landet, så havde han da haft en grund, det var værd at vove sin trøje på, - men dette døde klitsand, der ikke var til at få liv i!

Skulle da al hans møje rinde ud i det endeløse øde? Skulle han aldrig få bugt med den golde, stridige jord? Skulle hans kamp afsluttes med et nederlag og han stå blottet for mængdens spot? …

Når hans øje løb hen over de sygt hængende grene og de solblegede græsmarker, syntes det hele mærket af døden og viet til undergang!

I så tilfælde ville sikkert meget gå under, for til dette spørgsmål, følte han, var der knyttet andre værdier end almindelig vinding og tab.

Han vankede bag sine hegn og jorddiger hvileløs som fangen bag sit gitter …

En dag, tvivlen om hans værk således faldt over ham, satte han sig på en bænk ude i plantningen og sagde til Ane, der stod hos ham: "Åh! – a er så træt, så træt!"

Tårerne listede sig frem, da hun så på hans lidende ansigt.

Hun lænede sig til ham. Og da lagde han mærke til hendes falmede kinder, hvor rynkerne allerede havde tegnet deres spor. "Hun er nok også træt, stakkel!" tænkte han og kyssede hende, mens gråden trængte på.

Da de gik ind, og han vaklede, udbrød hun: "Du bliver da vel ikke syg?"

"Det er ikke umuligt!"

Han måtte straks i seng. En brændende feber bankede i hans blod.

"Gud nåde os!" sagde Ane og satte sig hos ham. – "Vorherre højt i himlen bor! – Vorherre højt i himlen bor, Søren!"

"Ja, han bor højt!" hviskede han og kastede sig uroligt på lejet.

"Søren! Skal a ikke få en til at hente doktoren?"

"Hvem skulle det vel være?"

"Skal a ikke?"

"Nej!" svarede han næsten barskt, "det må du love mig, - åh!"

Hun rakte ham lidt at drikke, sad ellers og stirrede ud af de små ruder og tænkte på dørene, som var lukkede for dem, og på natten, som forestod …

Ved midnatstid talte han i vildelse. ”Kan du ikke høre,” tog han på vej, ”hvor de hugger i isen!”

”Hvad er det for snak!”

”De hugger os fra, så vi bliver landløse og aldrig mere kommer på den faste jord!”

”Så, så, så!”

”Kan du ikke høre, hvor øksen klinger?” råbte han og sprang op. ”Kan du ikke?”

”Jo, jo, men læg dig nu li'eså stille.”

Han lagde sig med et smil, hvori bevidstheden ligesom blinkede igennem. Men lidt efter sprang han atter op og svingede vildt med armene.

Siden lå han og klagede sig: ”Og de har bundet mig, så a aldrig kan røre et lem … Og så driver vi ud på det fæle, sorte vintervand … Hvorfor vil du ikke løse mig? …. Åh, tag dog en kniv og skær strikkerne over!” …

Således fantaserede han, til han ud på natten faldt til ro.

Han vågnede i den tidlige morgenstund og åbnede med møje de tunge øjenlåg. I lyset fra det svage dagskær og fra den lille lampe så han Ane, der sad ved sengen på en stol, hvor søvnen havde overrasket hende på hendes post. Det blege, af uredt hår indrammede hoved var sunket skråt ned på hendes bryst. Den venstre, tørre og knoklede hånd hvilede i hendes skød, og med den højre fattede hun om sengestokken.

Han tænkte på, at dette flade bryst engang havde været højt og rundt, og at denne grå hud engang havde været fager. Men alligevel syntes han, at hun nu lå hans hjerte langt nærmere end dengang, hun, hans tro og usvigelige kammerat …

Med inderlig kærlighed lyste hans blik over hendes åsyn, hvor livets kampe havde aftegnet sig, og hvor noget af både hans og hendes historie stod skrevet, og så slumrede han igen ind med en lykkelig følelse.


## Kapitel 19

Men Sørens vilje var ligeså sej som de rødder, hvoraf han flettede sine kurve.

Om han end nu og da fik sine tvivl, så droges han dog stedse med en naturdrifts styrke mod sin marks sandede muld. Han skænkede den sin manddomskraft, så den kunne bære hans drømme frem. Han omgikkes den årle og silde i et kærlighedsliv, så han, ladt ene af mennesker, ret indlevede sig med den jord, hvoraf han var taget. Det gyngede frydefuldt i hans sind, når muldpladen vendte jordbølge på jordbølge af veldyrket ager. Og når han med skovlen pyntede de regelmæssige firkanter, der var afgrænsede med snorlige grøfter, strålede hans øjne over det fuldendte værk. År efter år gravede han sig længere frem i sandet. Vel var jorden trodsig, vel knurrede den, når plovjernet skar igennem den seje lyngsvær, der jo også blev forstyrret i sin tusindårige ro, - men Søren syntes, at der var noget af livets lyst og lykke i at vinde magt og herredømme her.

Når et menneske på denne måde indlader sig med jorden, så lokker han alt det ud af den, som den kan give. Det er denne kærlighed, der nu så vel som i tidernes morgen skaber liv, hvor der før var tomt og øde.

Lendum Klit lå på et af de mest udsatte punkter i landet, tæt ved havet, hvor stærke storme herskede hele året; de borede mægtige huller i klitterne, ruskede taget af husene, hylede i skorstenene, gned og skurede hedefladerne, der lå åbne og udbredte, og forsvandt så i lange suk inde over de mørke moser. Intet var der til læ og ly og lune for sæden.

Men på Søren Branders lod var der bælter på kryds og tværs, der værnede kornet, som stod gemt i de hegnede firkanter. Dette kendtes også på Sørens afgrøde. Dertil hjalp desuden flere forbedringer, Søren indførte, hvilke de slidsomme men tungvendte klitboere ikke ænsede, så meget mindre som de kom fra den kant. Endvidere sporedes han frem ved de mange øjne, der var rettede på ham. Men hovedsagen var dog, at Søren Brander i den grad gik op i sit arbejde, at dette var hans liv, så de to ting ikke kunne skilles, men måtte enten begge lykkes eller begge mislykkes. Og hvor mandens liv er hans gerning, der ydes det allerbedste, for da står han i sit kald.

Følgen af alt dette var, at den økonomiske fremgang groede, om end småt, så dog sin stille vækst.

En dag holdt to hesteprangere, en tynd og en tyk, uden for huset.

”Goddag, bette mand! – Her har vi et par små heste til dig!” begyndte den tynde og sprang af vognen.

Sørens hjerte tog til at banke, men han svarede ganske rolig: ”Nå, har I det!” mens han undersøgte de fremmede handelsmænd med et prøvende blik.

Han beroligedes fuldstændigt ved det pålidelige, enfoldige, næsten fromme udtryk, den tykke forstod at give sit blegfede, glatragede ansigt. Han lignede jo ganske en præst.

”Tror du, vi kan gøre et bytte med studene?” spurgte han stilfærdigt.

”Åh!” svarede Søren langsomt, idet han skottede forelsket til de gule nordbagger, ”det er vel aldrig værd!”

”Hvis du vil have heste, så kan du aldrig i dine levedage få et par, der er så skønne som disse her!” råbte den tynde og spændte skaglerne fra. ”Nu skal du bare se!”

Søren kløede sig på albuen.

"Hvis du får dem, så skal a love dig for, at du skal komme over bunden ... Om de kan rykke noget!" Den tynde måtte le højt. "A ville gerne se det læs, de lod stå! – Men du er vist heller ikke så dum, som du gør dig, bette mand! ... Sikken et fortøj!" vedblev han og trak Søren hen foran hestene. "Det er jo – så bandede han – et bringestykke som ved en springhest, - hvad?"

Hestene mønstredes under høje tilråb og piskesmæld. Prangeren tumlede dem, så de arme dyr ikke vidste, hvad fod de turde stå på.

"De er vel ikke for gamle?"

"For gamle!" råbte den tynde, sprang hen og åbnede mulen på den ene. "Vil du ikke selv se! Den har jo et tandtøj som en treårs plag!"

"A synes, de er så magre!"

"Magre! – Vil du ikke sige mig, bette mand, hvordan de skulle blive anderledes. Nys kommet fra Norge, og siden flakket fra marked til marked. Det kan du da også selv forstå! ... Nej, det er kernekram!" sluttede han og smækkede sin flade hånd med stort klask på bagen af den ene.

"Ja, det er da ingen fejl ved en hest, at den er for mager!" tilføjede den tykke i en mildt bebrejdende tone.

"En kan jo da se, hvad det er; det forstår sig!" svarede Søren.

"Nå, tror du så ikke, du kunne blive kørende?" spurgte den tynde.

"A synes, den ene løfter så sært på det ene bagben?"

"Fortæl os nu ingen krøniker! Det er vi for gamle til!" svarede den tynde og svingede med pisken, så det frygtsomme dyr trippede.

"A vil da sige dig, min ven, at den er egentlig den bedste af dem!" sagde den tykke på sin stille, fortrolige måde.

Ane og børnene kom ud. De stod og beundrede de to nordbagger og ønskede af hjertet, at det var deres.

”Hvad synes du, Ane?” spurgte Søren og spyttede med en eftertænksom mine.

”Kan det gå an!” svarede hun lidt ængstelig.

Det havde været en af Sørens kæreste tanker engang at få et par heste. Nu stod de der, og han behøvede blot at gribe til, ... Men på den anden side, - det ville koste havre! ... Ganske vist havde han nogle kroner liggende, som han strengt taget ikke for tiden havde nogen særlig brug for, men det var vel alligevel for voveligt! –

Hvordan de skulle bytte?

”Ja, hvis du ikke glad kan byde os studene, den gråbrogede ko og hundrede kroner, så kan det aldrig hjælpe, vi snakker længere om det!” sagde den tynde og satte sig op i vognen.

Nej, det ville Søren da ikke.

”Hvis dine stude var mere værd, min ven, så ville vi jo også byde dig noget mere for dem; det kan du jo nok forstå!”

Prangerne strammede tøjlerne, nordbaggerne rejste hoverne og skrabede i jorden. ”Nå, farvel bette mand!”

”Halvtreds!” råbte Søren.

”Trr! – Ja, ja, held og lykke med det. Det kan heller ikke hjælpe altid at være så påholdende.”

Således fik Søren Brander heste på stalden, om der end kunne være noget at udsætte på dem.

Det var knapt, han kunne sove den første nat efter handelen, og dagene derpå tilbragte han mest hos dyrene. Imellem han fodrede hestene, pudsede og striglede han dem. Det var altid Søren som en gudstjeneste at røgte og pleje sine kreaturer; hans hånd var karrig med slag, men rig på kærtegn; og stalden var ham som en helligdom, hvis tærskel han trådte over med en vis ærbødighed.

Der var ikke længe imellem, at Ane kiggede ind ad døren til ham.

"Når de først får noget mere kød på knoklerne, så skal du
bare se, Ane!" sagde Søren til hende, gik op i båsen og lod
hånden glide langs den mørke stribe på nordbaggernes
ryg.

"A synes, den ene lægger ørerne så sært tilbage?"

"Ja, a ved ikke rigtig, hvad han består af endnu!" Søren
gumlede eftertænksomt på skråen.

Noget efter smilede han og sagde: "Så fik vi ligegodt et
par heste; hvem skulle egentlig have troet det, Ane?"

"Ja, det er morsomt! – Og synes du ikke også, at det er
sådanne pæne små no'en? – Vi skal vel til Lendum Mar-
ked?"

"Minsandten skal vi det!" Og Søren gnubbede sig fornøj-
et på albuen.


## Kapitel 20

Der var mange mennesker, der, da de vågnede markeds-
dagen, så op mod skyerne. Og da var der mange hundrede
øjne, der tindrede, for vejret var netop, som et markeds-
vejr skal være. Fra alle sider strømmede folk sammen til
den hvide teltby ved landevejen, hvor markedet holdtes.
Ude fra Klitvejen kom Søren med nordbaggerne i rask
trav. Hele familien sad og bævede i en indre fryd over
køreturen.

"Det er to, der vil noget!" sagde Søren og strammede
tømmerne. "Ho-a! Ho-a!"

Han nåede en "studemand"; han syntes næsten, det var
en skam at køre forbi en gammel kending, men da denne
bøjede til siden, smuttede han om.

"Det er noget andet end studene!" sagde Ane og så lyk-
salig ud.

”Det er to, der vil noget!” gentog Søren, ”og de kan også noget. – Ho-a! Ho-a!” Og hjertet hoppede i hans bryst.

Han kørte den dag forbi alle studemændene fra Klitten, og da han drejede ind på markedspladsen, turde han næppe løfte sit blik, for han troede, at alles øjne var rettede mod ham og hans små, gule heste.

Husmandsfamilien arbejdede sig gennem den myretue af mennesker, dyr og alskens tros, som et godt besøgt marked er, og kom forbi et telt, hvor nogle klitboere sad og drak.

”Halløj, Søren!” råbte de indenfor.

”Det er bedst, du går ind til dem,” hviskede Ane, ”så dasker a lidt opad med børnene.”

Søren blev budt til sæde på indre-bænken, og straks satte nogle mænd sig uden for ham på hver side.

”Vi kø-ø-rer jo rigtignok med stu-u-de,” sagde en rødskægget mand og hikkede, ”men du vil kanske nok drikke en punch med os for det!”

Søren så sig spørgende omkring. Han ventede sig ikke noget godt af de ophedede og bredt grinende ansigter, som vendtes imod ham.

”Hvordan er det, den fjermer løfter det ene bagben?” spurgte en.

”Hun er god til at gå over et dørtrin!” tilføjede en anden.

”Det kan jo være, det blot er en smule gigt!” sagde en tredje.

”Ja, den vil jo gerne komme med årene!” lagde en fjerde til.

Således stormede drillende bemærkninger ind på ham, og for hver sætning slog de alle en rå, skraldende latter op.

Hvor det gjorde Søren ondt at sidde som skive for disse hans naboers og fællers hånsord. Var der da ingen ende på denne krig! Intet fredlyst sted, hvorhen han vendte sig!

Han indkrævede en "omgang" til selskabet, et forsonin-gens bæger, der i begyndelsen lod til at stemme sindene venligere.

Men en af mændene, der var vindøjet, og som havde siddet og vrøvlet usammenhængende, rejste sig med ét, som om han først nu opdagede Søren, og sagde til ham: "Med forlov! Er det ikke plantøren?" Og så fulgte igen en bragende lattersalve.

Straks var der en anden, der sagde: "Ja, Søren kan jo sagtens købe heste, sådan indtægt han har af sine træer."

"Ved at tage i hus, mener du!" tilføjede en tredje.

Og latteren haglede ned over Søren som byger af spidse nåle.

Han opdagede Anes øjne i teltdøren, rejste sig og ville ud.

"Det haster vel ikke," indvendte de andre, "nu får vi en omgang til!"

"Vil I lade mig komme ud!" sagde Søren bestemt.

Mændene på bænken klemte ham fra begge sider, og flere råbte i munden på hverandre med truende øjekast: "Vil du forsmå vor skænk. – Vil du trads' vos!"

Sørens ansigt fortrak sig: "A vil ud!" råbte han, og før nogen vidste det, var hans fødder på bordet, og væk var han over hovedet på dem alle.

De stirrede forbavsede på den tomme plads, og en af mændene bemærkede: "Hvad den karl vil, det vil han! Så er det det samme."

"Hvor fa'n blev han af?" spurgte den vindøjede og væl-tede sit glas hen ad bordet …

Men Søren lod de små heste strække ud, hvad de kunne, ad Klitten til. Han mælede ikke et ord, stirrede bare stift hen for sig, rynkede panden og trak læberne fast sammen. Det eneste bevægelige i dette hårde ansigt var de vibre-rende næsebor.

Ane følte, hvor han måtte lide. Selv sad hun og trykkede sig til ham, mens hjertet bankede i hurtige slag som hos den fugl, der mærker gribbens vingeslag over sit hoved. Og hun tog hans hånd og sagde inderlig blødt: "Søren! Skal vi ikke flytte langt, langt bort fra det alt sammen?"

"Aldrig!" svarede han uden at forandre en mine.

Det var de eneste ord, der blev vekslet på hjemturen. Og hestene pilede af sted, som om Sørens indre uro forplantede sig gennem tømmen.


## Kapitel 21

En efterårsdag svang Søren Brander plejlen over den ny sæderug, der dansede på logulvets fjæl. End ikke i sin stue havde han sådant gulv, men han skyede hverken udgift eller umage over for det, der kunne fremme renligheden i hans tærskelo. Hver gang han betrådte dette sted, hvor markens velsignelse skæppedes op i tøndemål, trak han først sine blankslidte skiftetræsko på. I glad alvor færdedes han her, og under ansvar vågede han husholderisk over, at intet spildtes.

Her stod han lunt inden døre i den råkolde efterårsdag og frydede sig ved de modne kerner, der sprang frem under "slagvollen". Hvis avlen således vedblev at tiltage, var der sandsynlighed for, at han til næste år blev nødt til at bygge et nyt stykke hus igen. Ja, såmænd! … Bare han kunne holde ud at slide med det! I den senere tid havde han fået det så slemt med stikken i brystet og værk over lænderne. Men det forstår sig, det var jo synd at klage, som han her stod med huset fuldt af Guds gaver, ligefrem stoppende fuldt af dejlige kærve i hver krog og udskur! … Han troede nu også nok, han avlede bedre end de andre klitboere –

tænkte han videre og smilede – se, driftsmåden gjorde jo så meget, og de andre, de havde ikke rigtig …

I det samme kom hans smådrenge løbende og sagde forpustet ind ad lugen, at øget lå og spjættede i den store skelgrøft og kunne ikke bjærge sig selv.

Med et udbrud kastede Søren plejlen og løb på bare sokker til stedet. Rask greb han fat i øgets manke og rykkede til af alle kræfter, - men det kendtes ikke.

Børnene joges hjem efter reb og redskaber, og Ane stod på det opkastede grøftemudder, vuggede med overkroppen og sagde: "Hvad skal vi dog gøre! Hvad skal vi dog gøre!"

Så blev der hevet og halet af al magt, men forgæves.

"Hum! Hum!" sukkede hun.

"Bare hun ingen skade har taget!" sagde han. "Vi må prøve igen!"

Men efter hvert nyt forsøg sank dyret magtesløst sammen, hældede hovedet mod grøftesiden og våndede sig i lange pust.

Søren så sig omkring som efter hjælp og sukkede.

Ruskregnen sivede og sivede ned gennem den tykke, tågede luft og klistrede øgets lange hår ind mod skindet, så ribbenene trådte frem som tøndebånd. Og hver gang Søren flyttede en fod, kvasede vandet ud af hans med vadmelsklude forsålede hosefødder.

"Havde vi bare haft et par mænd til!" tænkte Søren. Men han sagde ingenting, lod blot øjnene og tankerne løbe i retning af klithusene. Hans åsyn mørknedes mere og mere.

Noget efter klagede Ane: "Vi mægter det ikke, Søren, - ene to."

Ved disse ord for han ivrig op og råbte med lynende øjne: "Fat igen! Nu skal hun op!" og så spændte han sig krum i fortvivlede tag.

Og han, som ellers var så varm en ven af alle umælende, lod det hagle med vrede ord og hårde slag ned over sit eget skindmagre øg.

Men det blev liggende med kroppen halvt i vand, skælvende af kulde og skræk og udmattelse.

Da Søren ligesom havde raset kraften ud, dirrede hans lemmer af overanstrengelse, og han følte gråden i sit bryst.

Så faldt mørket på.

Flere timer senere fandtes de her endnu i den sorte nat. En dreng holdt i sin rystende hånd en lygte, hvis skin kastede et højst sparsomt lys over de to dunkle, gravende menneskeskikkelser og stundom et glimt på spadernes blanke metal. Der arbejdedes uden ord. Kun redskabernes muslen i jorden.

Ved umådelig møje lykkedes det endelig at få dyret slæbt ovenfor til hvile på nogle sammenrevne kartoffeltoppe.

”Så var det, om vi havde en smule, hun kunne få ind!” sagde Søren og vred regnen af sin hue.

”A véd skam ikke,” svarede Ane, ”a tror ikke, vi har mere skorpionolie!”

”Ja, da skulle det endelig være noget, der kunne rive og kradse!”

Ane holdt lygten frem: ”Ok, sølle dyr! Det løber såmænd af øjnene på den!”

”Ja, bette, gule øg, nu er du en slap karl!” sagde Søren stille og klappede dets våde skind. Derefter trak han sin tykke trøje af og hyllede over det.

”Mon hun står det igennem?”

”Gud véd det!”

”Det er sandt!” udbrød hun, ”vi har da en slant petroleum, om den kunne gøre noget godt?”

”Lad os prøve det; det kunne endda være, at det kunne komme til at rumstere i livet af hende!”

Ingen af dem fik søvn den nat. De gik og puslede om det syge dyr. Eller de stod tavse og stirrede på det, gysende i den kolde natteluft.

Hen på morgenstunden sagde Søren med et: "Nu drawer hun!" Og så lukkede det gule øg for stedse sine øjne.

"Det var et stort forlis!" sagde Ane med tårer i øjnene.

"Og hun var endda så møj den skønnest af de to!" tilføjede Søren sørgmodigt.

Så blev der ikke talt mere om det.

Da Søren dagen efter kastede en grav til det døde skrog, kom Niels Pind med bud om, at Søren til forårsterminen måtte skaffe ham hans penge, da hans datter skulle giftes.


## Kapitel 22

Ved årelang udholdenhed var det lykkedes klitboerne at tvinge sognerådet til at bygge en skole ude på sandene. Det var en enestående tildragelse, og sejrens glæde voksede med murene på skolehuset, der var dem et civilisationens tegn midt i ødemarken.

Der var imidlertid også noget andet, som samtidigt tog til at vokse: Søren Branders anseelse.

Ingen havde glemt, at det dog var ham, der oprindelig havde sat skolesagen i gang, og nu, da sejren var vundet, huskede man det for så vidt bedre, som glæden gør menneskets hjerte velvilligt.

Det afgørende var dog de grønne træer, der virkede så frisk mellem klitten og lyngens grå og brune masser, og som hele tiden ville drage opmærksomheden til sig, - de blev et uomstødeligt bevis, som daglig groede for klitboernes øjne.

Ingen kunne nægte, at plantningen nu stod i flor, at flyvesandsbankerne var dækkede på den bedste og smukke-

ste måde, at læbælternes række lunede for sæden, at Søren
dels på grund heraf og dels for sin driftsmådes og dygtig-
heds skyld var den forreste avlsmand. Alt dette kunne
beboerne ikke nægte i deres stille sind. Men dertil kom, at
vurderingsmændene ved omordningen af kreditforenings-
lånet fandt hans husmandsbrug så veldrevet, at det nye lån
rigeligt dækkede Niels Pinds fordring ud over det oprinde-
lige lån, og at de lod sig forlyde med, at træplantningen i
ikke ringe grad øgede ejendommens værdi, samt at Søren
samme sommer blev tildelt diplom og et sølvbæger med
følgende indskrift: "Søren Brander for træplantning fra
Hjørring Discontobank", hvilket stod på tryk at læse i
Amtstidende.

Se, så var der jo ikke længere nogen grund til at dølge
det, som man tænkte.

En dag trådte Jens Bjerg og tre andre mænd langsomt ind
i Sørens stue. Langt om længe kom det frem, om Søren
ikke ville være så god at retlede dem en smule, for nu
ville de også til at prøve.

Deres miner og hele adfærd røbede en vis tilbageholden-
hed og usikkerhed, de varsomme ord ligesom følte sig
frem. Derimod talte Søren med en fasthed, der ingen tvivl
lod tilbage, og ordene ledsagedes af et blik, der ingen
hindring syntes at ænse. Hvad han i lange år havde gen-
nemlevet, gjorde hans ansigt udpræget frem for de andres.
Livets kampe havde gjort ham til en moden og myndig
mand.

"Nå, I vil også til at tage fat!" sagde han og så vist på
mændene.

Ja, det skulle da forsøges.

"Se, for det første skal I i Planteforeningen, og siden skal
a nok sige Jer, hvordan I skal bære Jer ad. Men det, I plan-
ter, skal lyses i hegn!"

Ja, det skulle jo så. –

"Når bareste det nu ville gro ude hos mig!" ønskede Anders Bak.

"Lad os blive fri for den snak!" svarede Søren affærdigende.

"Ja, men bunden er så nederdrægtig sur, Søren!"

"Ser du, Anders Bak! Dersom nogle træer går ud, så må der jo andre i stedet. Går de halve ud for eksempel, så må du plante efter, og hvis de går ud alle sammen, så må du jo om igen; sådan går det jo til. Men til sidst kommer de alligevel til at stå der, hvis du vil!" sagde Søren med vægt … "Stop piben, vær så god! – Og så kunne vi gå en bette tur udenfor." –

"Det er sgu en fornøwels at se det!" bemærkede Jens Bjerg, da de kom ud i marken.

Søren vendte sig og sagde halvt spøgende over skulderen: "A har altid syntes, at det var skønt, om folk kunne se noget nær, hvor En boede, he!"

"Nu har du til visse et skønt hus!"

"Det kan jo gerne gå an … Men vil I nu ikke se!" vedblev Søren og pegede på sivene, der stak frem langs agerrenerne, og lyngen, der kom listende. "Det er straks kendt, når En ikke justement kan hænge i selen hele tiden. Og siden a fik det lede hold i ryggen, så kan a ikke holde ud sådan som før … Og meget er her jo også til ét menneske at overkomme!" sluttede han og slog en bue i luften med pibespidsen.

"Klitten er jo både ond og god!" sagde Jens og strøg sit lange skæg. "Men tho vi hugger os igennem li'esådanne!"

"Hvor der er en vilje, der er jo også en vej!" svarede Søren. "Ja, der er. – Men for resten kunne det være, det var klogest, har a somme tider tænkt, om hele Klitten blev plantet til, og vi fik et hjørne god jord et andet sted!"

"Den var såmænd aldrig en kerne for god til det!" sagde Anders Bak og spyttede, "aldrig sgu det mindste!"

"Nej, en marsk er den jo ikke!" tilføjede Trine-Lars og rømmede sig.

"Vi kan jo nok leve her," tog Søren igen ordet, "men – æ – hvis vi samlede alt det arbejde, vi nu spreder over det store areal, sammen på en bette plet rigtig god jord, vil a sige, så skulle En synes, det kunne frugte, så det basked' til noget – hvad?"

"Jo, men det er med at få kløerne i den!"

"Ja, det er jo det! Og så ved vi nok, her har vi det jo sådan mere rummeligt!" …

"Sikke byg! Sikke byg, du har, Søren!" sagde Trine-Lars og vuggede med hovedet.

"Det er rigtignok også bedst her inde i læ af træerne," svarede Søren, "men det kan rigtig godt gå an li'esådanne!"

Efter at have set på alle herlighederne, efter fra det højeste punkt i plantagen at have set flere mil over land og hav og talt mange kirker, vendte de tilbage til Sørens stue, hvor Ane trakterede med kaffe. Søren gik til sit hængeskab, tog sølvbægeret, der var omhyggelig indpakket i papir, og satte det frem på bordet.

Og mændene efterså det nøje både indvendigt og udvendigt, den ene efter den anden.

Ved aftenstid, da de fremmede var gået, sagde Ane: "Åh, a er så glad og godt tilpas, Søren!"

"Der er jo både ond' daw' og god' daw' til, min pige!" svarede han og kyssede hende, hvorefter han begyndte at klæde sig af.

"Tho a bliver så stind som en gammel udslidt hest! – A kunne nok trænge til noget benmel, he, he! – Ja, det er noget styv strå, der gror på sandet, he! … Du kommer mins'æl til at tage ved mine bowser, Ane! … Det hold gør da også nedersaksisk ondt i aften!"

Snart efter sænkede den lyse sommernat sig som en smuk drøm over jorden.

# Kapitel 23

Så var der kommet en tung tid for Søren Brander.

At pine og værk plagede hans krop, regnede han for intet imod det, at kraften sivede bort af sener og muskler, så han for hver morgen, han vågnede, følte sig mere magtesløs end den foregående dag.

Før havde han i sit legemes styrke haft en foryngelsens kilde, der daglig tilrislede hans sind friskhed, men nu tørredes den langsomt ud. At han således mærkede livskraften rinde, gjorde det til så tung en tid, og krumbøjet slæbte han sig frem over sine agre.

På marken skønnedes det snart. Grøfterne væltede sammen, sivene skød op, og lyngen, som han i sin tid havde jaget ind i heden, kom krybende frem igen. Den stædige jord, som han i sin lange tid havde tæmmet, rejste sig nu imod ham. Hvert punkt på hans vide arbejdsmark kaldte på ham, men han havde intet at svare, intet at vove, intet at vinde.

Nu mærkede han for første gang den stille, ensomme natur omkring sig som tomhed. Han længtes efter lyd og bevægelse, for den brede, vidtstrakte ro trættede og trykkede, denne lydløshed til alle sider lagde sig knugende over hans sind. Alt levende syntes ham at stivne i en dødsens stilhed, gennem hvilken han kun kunne høre sukkene fra sit eget bryst ...

En dag kom han tungført stavrende ind i stuen. På den voksblege hud piblede matheds sved frem som små perler, de mørke, brune øjne skinnede sygt, træt sank han ned på sengen og hostede voldsomt.

Ane kastede sig hulkende over ham. Men da Søren mærkede sin ungdoms elskede i sine arme, da lo det i den gamle sliders bryst, mens hans blik på samme tid fyldtes med tårer.

Så var den ældste søn kommet hjem til det sygnende husmandsbrug, der snart igen kom i skud. Og Søren rokkede om med hånden over lænderne og frydede sig over sønnens raske hånd og smidige lemmer.

Her var ungdommen! – Det var ham selv igen på en måde! – Her var fortsættelsen ... Og så lagde genskinnet af hans egen ungdom glædens smil over hans åsyn.

Men sønnen var ofte ude til forlystelser og legestuer og kom ofte hjem i en tilstand, der vakte mørke minder hos forældrene.

Sådanne aftener lå de søvnløse, mens tankerne gik både frem og tilbage. Der var engang for mange år siden, at der var én, der foretog lignende udfarter fra det samme hus. Ingen af dem havde glemt det ... Nå, godt og vel havde alting siden vendt sig for dem, Gud ske lov! Men der var jo alligevel så meget at tænke efter, når de sådan om aftenen lå og ventede på sønnen.

Hvordan mon livet ville vende sig for ham? – Og de andre børn? – Ja, fremtidens veje kunne ingen granske ...

Det var jo ikke så godt for sådanne fattige børn! Tidlig ud at tjene i mange forskellige pladser, altid mellem fremmede, altid at vokse op under fremmede øjne ... Men sådan var jo fattigfolks lod.

Så lå de og kunne ikke falde i søvn og lyttede efter fodtrin. Mange gange holdt de åndedrættet, når de syntes, at nogen puslede, eller dørklinken rørtes, - men så var det vinden.

Således lå de hede af ængstelige tanker og foruroligede af disse underlige lyde, som den mørke nat har så mange af. Det traf også, at en af dem rejste sig og gik ud i stald og bryggers eller til døren og så ud i natten.

Det var jo deres barn, de ventede ude fra de mørke veje.

# Kapitel 24

Søren Brander lå nu hele tiden i sengen, klagede sig for brystet og hostede og harkede blod og slim og grønne væsker, - og kunne ikke komme til ro. – Når øjet nu ikke mere kunne se denne verdens lys? – Hvorledes ville mørket blive, når døden havde suget den sidste smule marv, når kun de hule knokler var tilbage, og hans legeme var blevet et ådsel? …

Det blev en hel række nye spørgsmål, som holdt på at bore sig ind hos ham, og som han ikke kunne blive kvit.

Ane bad i løndom enfoldig for hans sjæl, og hver dag læste og sang hun for ham i salmebogen og talte også til ham om Gud, som skænker liv og død og alle ting, og som har et godt sted og et blødt leje til alle dem, der er udslidte, trætte og besværede. Han syntes, det var kønt og rart at høre de gamle, højtidelige ord og toner, men der var intet sikkert svar for ham deri.

Så kom der en sælsom nat.

Han mærkede over sjælen ligesom et pust, der vakte hans åndelige evner til en ukendt klarhed. Det var suset af dødsenglens vinger.

Og det var, som han fik sit liv på afstand og kom ud på den yderste livets pynt.

Herfra så han i et eneste overblik alle sit livs oplevelser. Der lå det for ham, alt hvad der var sket, siden den tid han først kunne mindes og ind til denne stund, det små og det store, og det som han for længst troede sænket i glemsel som sten i vand: et helt livs minder, myldrende frem i et nu.

Og disse minder fik mæle. Men de talte bebrejdelsens tunge ord, det forfærdelige sandhedssprog; de anklagede, forbandede og fordømte, og der var som tusinde tunger, der råbte imod ham …

Slået af rædsel vendte han sig bort til den anden side, - men dér så han fra livets yderste pynt kun dødens sorte, glidende strøm. Og af alle hans livs minder var der ikke ét, som kunne bære ham over.

Da forstod han, at der gives et eneste stort livsspørgsmål. Han sank i knæ for den tusindtungede anklage og skælvede for dommen.

Således lå han den hele nat.

Så begyndte hans barnealders klokker at ringe, og der blev så stille i hans indre som i en kirke, hvor menigheden sidder med bøjet hoved.

Nede fra sjælens dyb, hvor barneminderne havde siddet gemt i mange, mange år, tonede de nu som en hellig sang gennem stilheden, og hans mors røst sagde disse få ord: "Fader vor! Du som er i himlen!"

Uvilkårligt foldede han sine hænder, og da disse gamle ord på ny blev levende på hans tunge, stod det så fast og sikkert for ham, at når han skulle glide ud over dødens vande, så ville en kærlig og almægtig hånd gribe ham og holde ham fast.

Om morgenen sagde han til sin hustru: "Det bliver snart flyttedag for mig!"

Hun hældede sig over ham og sagde, at han jo godt kunne komme sig igen.

"Nej, der har været bud efter mig! … Det er, som a har været ude at tjene og skal nu hjem igen. Hvis a skulle prøve det én gang til, Ane, så ville a lægge mere mærke til, at der er en himmel oven over jorden, for …"  Han blev afbrudt af et hosteanfald.

Hun rettede på puderne. Tårerne dryppede fra hendes øjne.

"Åh, ja!" – sagde han igen – "hver har jo sin tjeneste; a har haft min. Vi er i grunden tjenestefolk alle sammen! Og så engang kommer den store flyttedag!"

Han tog hendes hånd og blev ved at holde den fast; den skulle være det sidste, han ville slippe her.

For sidste gang lod den gamle stridsmand så i tankerne blikket glide over sine agre, der bølgede bag grønne hegn, det lille kongerige, han havde erobret fra den rå klit. Og så sagde han til sønnen: "Lad mig se, min dreng, at du aldrig giver dig fortabt. A skal nemlig sige dig, hvad du gerne kunne tænke på nu og da: den, der vil noget, han kan også noget!"

Han døde en let og rolig død.

Rundt omkring hans plantning er andre vokset op. Og når vestenvinden farer hen over de jyske klitter gennem nåletræernes toppe, så suser det højtidsfuldt og sørgmodigt om Søren Branders eftermæle.